W0202235

der **ANDERE LITERATUR**klub

| SONDERAUSGABE | Eine Initiative von |
| --- | --- |
| | litprom<br>Gesellschaft zur Förderung<br>der Literatur aus Afrika, Asien<br>und Lateinamerika e.V.<br>Postfach 10 01 16<br>D-60001 Frankfurt/Main |
| | artlink<br>Büro für Kulturkooperation<br>Postfach 109<br>CH-3000 Bern 7 |

www.lenos.ch

Muhammad al-Bissati

# Hunger

*Roman aus Ägypten*

*Aus dem Arabischen*
*von Hartmut Fähndrich*

Lenos Verlag

Arabische Literatur im Lenos Verlag
Herausgegeben von Hartmut Fähndrich

*Der Übersetzer*
Hartmut Fähndrich, geboren 1944 in Tübingen. Studierte Vergleichende Literaturwissenschaft und Islamwissenschaft in Deutschland und in den Vereinigten Staaten. Seit 1972 in der Schweiz, seit 1978 Lehrbeauftragter für Arabisch an der ETH Zürich. Für Presse und Rundfunk tätig.

Die Übersetzung aus dem Arabischen wurde aus Mitteln der Schweizer Kulturstiftung Pro Helvetia unterstützt durch litprom – Gesellschaft zur Förderung der Literatur aus Afrika, Asien und Lateinamerika e.V.

Titel der arabischen Originalausgabe:
*Ǧūʿ*
Copyright © 2007 by Mohamed El-Bisatie
Published by arrangement with the American University in Cairo Press

Copyright © der deutschen Übersetzung
2010 by Lenos Verlag, Basel
Alle Rechte vorbehalten
Satz und Gestaltung: Lenos Verlag, Basel
Umschlag: Anne Hoffmann Graphic Design, Zürich
Umschlagbild: Mohammed Hamed Owuis
Printed in Germany
ISBN 978 3 85787 406 2

# Hunger

# Tretet ein in Frieden

Die Vorderfront des Hauses besteht aus roten Backsteinen. Der untere Teil ist durch die Feuchtigkeit aufgequollen, einige Steine sind herausgefallen. Grössere Lücken wurden mit Zement geflickt. Die Tür ist aus dickem Holz. *Tretet ein in Frieden,* ist darauf mit weisser Farbe gepinselt. Die Farbe wirkt noch frisch, die Worte sind trotz der Jahre vollständig erhalten. Der jüngere der beiden Buben im Haus hat über sie gewacht. Obwohl er der Schrift keinen Sinn abgewinnen kann, gefällt ihm die Form. Seit er denken kann, sieht er die Worte jedes Mal, wenn er das Haus betritt. Er klettert an der Tür empor, um sie abzustauben und sie mit einem Lappen zu säubern.

Die Seiten- und die Innenwände des Hauses sind aus Lehm. Der einzige Raum ist mit Holzbalken überdeckt, eine Hälfte des Hofes ist offen zum Himmel, wodurch bei Tag und Nacht Licht hereinfällt. Die andere Hälfte ist überdacht mit einem Sammelsurium aus Ästen, Palmzweigen, Blechstücken und Tuchfetzen, deren Enden herabhängen und nicht viel anders aussehen als die Schlangen, die sich daneben ringeln.

Die Bank, in einer breiten, höhlenartigen Nische vor der Tür, bietet Raum für die ganze Familie, und wenn es heiss ist, schlafen sie alle dort, kreuz und quer liegend.

# Der Mann

Wie üblich, wenn das Brot im Hause aufgebraucht ist, erwacht Sakîna früh und setzt sich auf die Bank, das Kopftuch zusammengeknüllt auf dem Schoss. Sie hat sich das Gesicht gewaschen und die einzige Gallabija angezogen, die sie besitzt und die sie schon lange Jahre begleitet. An vielen Stellen ist sie dünn geworden, und die Farbe der Rosen ist verblichen. Sakîna schläft nicht darin. Zum Schlafen genügt ihr der schon mehrfach geflickte Unterrock.

Ihr Mann und ihre beiden Buben, zwölf und neun Jahre alt, setzen sich noch unausgeschlafen zu ihr. Der jüngere, Ragab, lässt seinen Kopf auf ihren Schenkel sinken und schläft wieder ein. Der ältere, Sâhir, hockt sich neben den Türrahmen. Ihr Mann sitzt am anderen Ende der Bank und stochert mit einem Strohhalm zwischen den Zähnen.

Jaja, er putzt sich die Zähne. Dreck gegessen und putzt sich die Zähne, murmelt sie unhörbar.

Doch sie versteht genau, was er mit dem Stochern in den Zähnen meint. Er ist hungrig, und sie soll möglichst rasch etwas heranschaffen, damit er seinen Hunger stillen kann. Die vier sind mit leerem Magen zu Bett gegangen. Sie haben unruhig geschlafen. Sakîna spürte, wie sich die Buben im Schlaf aufrichteten, herumschauten und sich dann wieder hinlegten. Was könnte sie tun? Das Letzte, was ihr Mann besass, hat er vor zwei Tagen für eine Zigarette ausgegeben, obwohl er eigentlich gar nicht raucht.

Also, da sitzen wir nun.

In der Nacht kam er zurück, die brennende Zigarette im Mund.

Als er die beiden Buben zusammengerollt auf der Bank liegen sah, drückte er die Glut mit den Fingern aus und steckte die Zigarette in die Tasche.

Sakîna sitzt wie immer auf der Bank und wartet auf den Tagesanbruch; dann macht sie sich auf den Weg zu den Häusern ihrer Bekannten, um die Frauen um ein paar Stück Brot zu bitten. Manchmal bekommt sie etwas, manchmal nicht. Doch immer gibt sie zurück, was sie geborgt hat. Es kann dauern, aber sie gibt es zurück. Sie wartet nicht, bis sie aufgefordert wird. Mitunter trifft sie eine dieser Frauen. Diese sagt nichts, aber ihr Gesicht spricht Bände. Dann versichert ihr Sakîna: Schon in Ordnung, noch ein paar Tage, dann backe ich.

Und die Frau verzieht keine Miene. Als hätte Sakîna nichts gesagt.

Nichts deutet auf einen Backtag. Ihr Mann ist durch nichts aus seiner Lethargie zu holen. Er arbeitet zwei Tage, dann zehn Tage nicht. Was sie ihm gern sagen würde, murmelt sie zu sich selbst. Was sie sagen will: Alle Männer im Viertel arbeiten. Kein Kind in irgendeinem Haus ist hungrig oder nackt. Doch ihn kümmert das nicht. Entweder liegt er drinnen, oder er sitzt auf der Bank, oder er schlendert über den Markt. Ganze Nächte zieht er umher. Er sitzt mit anderen auf irgendwelchen Bänken oder in kleinen Moscheen zusammen, oder er steht mit ihnen herum. Aber er macht keinen Finger krumm. Er lacht mit anderen und nickt zustimmend, wenn andere dem Gesagten zustimmen. Er schliesst sich der Mehrheit an und folgt den Männern, bis sie sich trennen. Dann geht er auf die Suche nach anderen.

Was gefällt dir daran eigentlich, Saghlûl?, fragt sie sich.

Sie kennt ihn in- und auswendig. Sobald sie ihn sieht, hingefläzt auf die Bank, die Hände in die beiden Taschenöffnungen der Gallabija gesteckt und seinen Bauch betastend, der Blick nach rechts und links wandernd, weiss sie, dass er auf Kohlen sitzt, dass er die Welt, und was darin vor sich geht, anschauen möchte. Dann wird er erst im Morgengrauen heimkommen, wenn sich die Cafés und die Marktstrasse geleert haben, die er allen anderen Strassen vorzieht, weil sich darin Krethi und Plethi tummeln und Läden und Lampen aneinanderreihen.

Und nun kommt auch noch diese neue Angewohnheit dazu, diese Kondolenzgebräuche, denkt sie.

Kein Kondolenzanlass im Ort, den er nicht aufsuchte. Er geht zu Fuss, wohin auch immer, und bleibt im Kondolenzzelt, bis der Koranleser seine Rezitation abgeschlossen hat. Dann hilft er beim Zusammenstellen der Stühle. Wenn ihn die Arbeiter vom Zeltverleih so eifrig sehen, lassen sie ihn die Stühle hinaustragen und auf die beiden Wagen laden. Sie selbst können während dieser Zeit das Zelt abbauen. Obwohl Saghlûl hager und mager aussieht und eigentlich nur aus Haut und Knochen besteht, arbeitet er unermüdlich. Einmal sah sie, wie er sich einen viertürigen Schrank auf den Rücken lud und vom Karren mit der Aussteuer zum Heim der Frischvermählten in der Nachbarschaft trug.

Ja, das war ein Tag! Den werden die Leute nicht vergessen.

Ein paar Jahre zuvor. Dieselbe Strasse und auch ein Aussteuerwagen.

Chalîls Tochter Sâmija. Wer könnte sie vergessen?

Der Schrank stand auf dem Karren. Zwei Männer hielten ihn fest, an jeder Seite einer. Der grosse Spiegel strahlte. Alles war darin zu sehen, sogar die Frauen auf den Dächern, von denen so manche selbstvergessen dasass und nicht merkte, dass zwar nicht ihr Kopf, ihre Schenkel jedoch sehr wohl im Spiegel auftauchten.

Bedeck dich anständig, du da auf dem Dach!, war zu hören.

Die Buben hängten sich an den Wagen, reckten den Hals und schrien laut, wenn sie was im Spiegel sahen.

Was für ein Tag das war!

Dort bei der Wohnung der Brautleute wird es so eng, dass kein Karren durchkommt. Sie hielten am Eingang der Gasse. Die vier Männer hievten den Schrank nach unten und trugen ihn hinein. Sie waren gebeugt, ihre Gesichter berührten den Schrank. Sie hatten ihre Gallabijas hochgerollt und um die Hüfte festgemacht. Vorsichtig setzten sie ihre Füsse auf, die Adern an ihren Schläfen waren geschwollen.

Gepriesen sei Gott für alles, was er wirkt!

Bei einem von ihnen löste sich die festgebundene Gallabija. Er stolperte über den Saum und stürzte. Die Balance der anderen drei war gestört, und alles fiel zu Boden wie ein zusammenbrechendes Haus. Die Teile flogen umher, acht Stücke dahin und dorthin. Von dem Spiegel blieb kein Zoll heil. Die Scherben flogen bis tief in die Gasse hinein. Die Jubeltriller der Frauen wurden zu Schreien, Klagen und geschlagenen Wangen.

Mein Gott, und das am Tag der Hochzeit! Welch schreckliches Omen!

Der Bräutigam sagte kein Wort. Er kam gerannt, warf einen Blick auf den zertepperten Schrank und ging ins Haus zurück. Man brachte ihm das übrige Mobiliar. Die Festivitäten waren abgeschlossen. Jubeltriller und tränengefüllte Augen. Alle erwarteten ein Unheil, und niemand wusste, woher es kommen würde.

Der Bräutigam vollzog die Ehe. Die Braut hatte gebadet und ihr Haar geflochten.

Doch am folgenden Tag schickte der junge Ehemann seine Frau ins Haus ihres Vaters zurück.

Dieser, Chalîl, hatte die Hälfte der Aussteuer seiner Tochter auf Pump gekauft.

So Gott will, wenn die Baumwolle so weit ist, hatte er dem Möbelhändler gesagt.

Bis zur Baumwollernte waren es noch sieben Monate. Der Möbelhändler willigte ein und nahm von Chalîl einen Schuldschein entgegen. Doch die Baumwolle auf Chalîls Land würde niemals reichen.

Wenn der Tag der Zahlung kommt, wird unser Herr schon eine Lösung finden. Wichtig ist, das Mädchen ehrbar zu halten, sagte Chalîl damals.

Das Mädchen kehrte ins Haus seines Vaters zurück.

Und wer immer etwas zu sagen hatte, sagte es.

Der Gerüchte waren viele. Gerade verheiratet, und am Tag drauf geht sie zurück ins Haus ihres Vaters?

Nein, da muss es doch was geben.

Ich kauf einen neuen Schrank, und damit basta, erklärte Chalîl, den das Getuschel vielleicht gar nicht erreichte, sonst hätte er sich wohl – aber nur Gott weiss es – anders verhalten.

Aber die Baumwolle würde niemals reichen.

Er machte sich auf zu Chalîfa, dem Mann seiner Tochter.

Ich nehm ihn mit. Er kann aussuchen, was er will.

Chalîfa empfing ihn, den Kopf gesenkt.

Ich will weder einen Schrank noch sonst etwas, sagte er.

Chalîfa ist ein Mann, der Gott kennt. Er hat den Koran auswendig gelernt. Und mitunter erteilt er Rat in religiösen Angelegenheiten. Manchen erlaubt er, ihm die Hand zu küssen.

Gott verzeihe es mir, murmelt er dann.

Wenn er zur Gebetszeit an einem Gebetsort vorübergeht, ruft er zum Gebet und leitet die Beter. Doch nie hat er versucht, in einer Moschee als Vorbeter zu wirken. Dort gibt es Scheiche, die ihm Einhalt gebieten könnten.

Chalîl begriff die ganze Geschichte nicht. Er betrachtete Chalîfa ratlos, die Hände verkrampft im Schoss.

Warum all dieser Zorn? Was geschehen ist, ist geschehen. Das ist Schicksal und Bestimmung.

Ja, du sagst es, Schicksal und Bestimmung. Chalîfa war aufgebracht. Bei allem, was geschieht, sagst du das.

Chalîls Ratlosigkeit wuchs. Er schaute sich um und sah die offene Zimmertür.

Bei Gott, ich verstehe nichts. Ein Schrank, der kaputtging. Wir bringen einen anderen.

Du verstehst es nicht. Chalîfa war noch immer aufgebracht.

Nein, mein Junge, ich verstehe es wirklich nicht.

Dann plötzlich kam ihm in den Sinn, was bei seinem Schwiegersohn Zweifel geweckt haben mochte. Er erstarrte.

Sag mir, Chalîfa, hast du dem Mädchen beigewohnt?, murmelte er.

Natürlich hab ich das.

Und war sie intakt?

Gott bewahre, aber dein Gehirn ist auf Abwegen.

Gott sei Dank!

Chalîl schwieg und wischte mit den Fingern die Schweisstropfen weg, die ihm auf die Stirn getreten waren.

Was ist es dann?, wollte er wissen.

Ach, Onkel Chalîl! Weisst du, was da passiert ist, ist eine Botschaft. Wenn der Schrank weit weg von hier runtergefallen wäre, hätten wir gesagt: Was soll's. Aber zwei Schritte vom Haus entfernt, und das gerade vor der Hochzeitsnacht. Verstehst du, was das heisst, Onkel Chalîl? Verstehst du das? Das ist ein Zeichen, das sagt: Pass auf!

Pass auf was auf?

Pass auf diese Hochzeit auf. Da ist was nicht in Ordnung. Nicht rechtens. Da ist der Wurm drin. Man wird es sehen, heute, morgen, in einem Jahr. Es ist nicht wegzuleugnen.

Aber wenn du so gedacht hast, warum hast du dann mit dem Mädchen geschlafen?

Ich hab es wissen wollen. Ich wollte wissen, ob der Fehler in ihr steckt. Also, wir haben die Angelegenheit sauber und freundlich begonnen, lass sie uns auch so beenden. Ich stehe ganz zu deiner Verfügung, wenn du etwas brauchst.

Und so trennten sie sich sauber und freundlich.

Ein oder zwei Wochen hielt das Getuschel an. Die Leute glaubten nicht, dass es sich so abgespielt hatte. Sie wussten, dass Chalîfa abergläubisch war. Doch andererseits war er ein gottesfürchtiger Mann. Vielleicht wollte er ja wirklich das Mädchen vor Schande bewahren, nachdem er einen Schaden an ihr entdeckt hatte. Und so sagte er, was er sagte, und schickte sie fort.

Das Mädchen wusste nicht, was es von den Blicken der Leute halten sollte. Sie ging nicht mehr aus dem Haus. Und sogar diejenigen, die zu ihnen kamen, vermieden es, sie anzuschauen oder das Wort an sie zu richten. Wenn sie an der Tür stand, spürte sie, wie jedwede zufällig vorübergehende Frau sie von oben bis unten musterte und dabei den Mund verzog.

Bei der Mutter des Mädchens wurden mit dem Gerede, das sie hörte, Zweifel geweckt. Obwohl das Mädchen ihre Tochter war und sie jeden ihrer Schritte kannte, klagte sie: Welch Unheil! Und wenn es nun so wäre, wie man herumerzählt?

Sie nahm die Tochter und schloss sich mit ihr in ein Zimmer ein. Dann befahl sie ihr mit ernster Miene und funkelnden Augen zu erzählen, was es mit dem Gerede auf sich habe, das sie seit einer Woche höre.

Das Mädchen wusste von nichts. Sie hatte geglaubt, was Chalîfa ihrem Vater erzählt hatte.

Was für ein Gerede?, wollte sie wissen.

Da legte die Mutter los. Sie redete und redete. Und die Tochter hörte und hörte. Aus ihrem Gesicht wich das Blut. Ihre Knie wurden weich. Ihre Beine trugen sie nicht mehr, und sie brach zusammen.

Sie stand nicht mehr auf. Einen Tag und eine Nacht noch, dann verschied sie.

Die Tage gingen dahin. Es gab eine weitere Hochzeit.

Dieselbe Strasse, ein paar Schritte von Chalîfas Haus. Auch hier war die Gasse zu eng. Die vier, die den Schrank auf dem Karren hielten, weigerten sich, ihn in die Wohnung des Bräutigams zu tragen. Der frühere Vorfall war noch nicht vergessen. Im Augenblick, da sie die Gasse erreichten, kamen alle möglichen Gedanken.

Gott sei barmherzig mit ihr. Sie starb einen nutzlosen Tod, flüsterten einige.

Auf der Strasse und an den Ecken drängten sich die Leute. Alle warteten. Und der Karren hielt am Eingang der Gasse, in der der Bräutigam wohnte. Dieser stand erwartungsvoll vor der offenen Tür. Die vier auf dem Karren aber zögerten. Die Angehörigen der Braut redeten ihnen zu. Andere mischten sich ein. Die vier starrten von dem Karren auf sie herab, wortlos und bewegungslos.

Von irgendwoher tauchte Saghlûl auf. Er hörte und schaute. Dann entledigte er sich seiner Gallabija und warf sie jemandem zu. Sakîna erblickte ihn. Sie bahnte sich einen Weg zu ihm, um ihn auf einen Riss hinten an seiner Hose aufmerksam zu machen, direkt neben seinem ausgemergelten Hintern. Doch als sie einige der Umstehenden verstohlen lächeln sah, entfernte sie sich beschämt.

Saghlûl trat zu dem Karren. Er sprach mit den vier, die ihn musterten. Vielleicht wusste ja sie allein, wozu er imstande war.

Sie drehten den Schrank und neigten ihn vorsichtig hinunter auf Saghlûls Rücken. Sie begleiteten ihn rechts und links, ihre Hände bereit, helfend einzugreifen.

Die Menge folgte ihnen. Die Gasse war verstopft. Und alle erwarteten, dass passierte, was zuvor passiert war.

Der Schrank sah aus, als bewegte er sich von selbst. Saghlûl war völlig darunter verborgen. Nichts von ihm war zu sehen. Für einen Moment erblickte Sakîna seine Füsse, die sich langsam vorwärtsschoben. Dann sah sie seine Beine mit den hervortretenden Adern, die fast die Haut platzen liessen. Plötzlich zögerte er, und alle hielten den Atem an. War nun der Augenblick gekommen? Die vier rückten den Schrank zurecht, der sich ein wenig zur Seite geneigt hatte.

Schliesslich kam er an. Der Schrank ging ins Haus. Die Gasse toste. Von Saghlûl fehlte jede Spur. Sakîna schaute sich um, konnte ihn aber nirgends sehen. Plötzlich stand er neben ihr und klopfte seine Gallabija ab.

Was tust denn du hier?, wollte er wissen.

Ich hab dich gesehen.

Hier auf der Bank schaut sie ihn aus den Augenwinkeln an. Er säubert sich die Zähne mit einem Strohhalm.

Also, Sakîna, was denkst du so viel nach?

Er zeigt keinerlei Anzeichen von Müdigkeit, bis er nachhause kommt. Mein Rücken, meine Seite, gut. Gott sei gepriesen für alles, was er wirkt.

Die Kondolenzbesuche und das Stühletragen also?, fragte sie, während sie ihm den Rücken massierte.

Ja, genau da. Es war in der Mitte seines Rückens. Vorsichtig, stöhnte er.

Ihre Hand fuhr an seiner Wirbelsäule auf und ab. Sie fragte nochmals.

Ja, erwiderte er, die Kondolenzbesuche und das Stühletragen. Was ist damit?

Hast du wenigstens was dafür gekriegt?

Gott bewahre! Die Belohnung erfolgt im Jenseits, gute Frau, im Jenseits.

Belohnung im Jenseits? Heisst das, du hast nichts bekommen?

Was heisst, nichts bekommen? Ich hab dir doch gesagt, die Belohnung erfolgt im Jenseits.

Und deine Buben kriegen die Belohnung auch im Jenseits?

Meine Buben? Was haben meine Buben damit zu tun, du dummes Weib?

Er wischte ihre Hand von seinem Rücken und setzte sich auf. Er hatte sie zwar noch nie geschlagen, aber sein Zorn jagte ihr Angst ein. Seine Augen schienen nicht mehr zu sehen, was vor ihm war. Seine Laune trübt sich sofort, wenn sie zu ihm über ihre unerträgliche Lage spricht.

Wenn er genug hat vom Faulenzen und Rumhängen, geht er auf Arbeitssuche. Eigentlich kann er alles: Kaffee kochen, Kupfer verzinnen, Lasten schleppen, Häuser bauen oder Rohre flicken. Er sucht nicht lange. Er nimmt das Erstbeste und schuftet für drei. Im Café arbeitet er zwei Schichten hintereinander und macht am frühen Morgen auch noch sauber. Er schläft dort. Zwei Stunden genügen ihm. Kurz vor Sonnenaufgang weckt ihn der Inhaber.

He, Saghlûl, du schläfst?

Wenn er arbeitet, sieht sie ihn nicht. Er schickt den Jungen, der im Café arbeitet, um ihr das Geld zu bringen und ihm frische Wäsche zu holen. Wer den Jungen hört, könnte glauben, Saghlûl besitze fünfmal oder mehr Wäsche zum Wechseln. Tatsächlich reicht es nur für einmal, und sie erinnert sich nicht, ob sie sie richtig gewaschen hat. Seife kam keine mehr ins Haus, seit er das letzte Mal gearbeitet hat. Vielleicht hat sie sie wie üblich nur gespült, um Erd- und Lehmspuren zu beseitigen.

Ihre Hand schliesst sich über dem Geld. Freude überwältigt sie. Schon lange Zeit ist kein Geld in ihre Tasche gekommen, nicht einmal in ihre Hand. Sie kehrt dem Jungen den Rücken zu, doch bevor sie das Geld zu zählen beginnt, dreht sie sich nochmals um.

Was stehst du da noch rum?, fragt sie ihn erstaunt.

Die Wäsche.

Was für Wäsche?

Die Wäsche für ihren Mann. Sie hat sie ganz vergessen. Sie zögert. Sie hat keine Zeit, das Geld zu zählen. Sie zählt es, während sie ins Haus geht, um die Wäsche zu holen.

Dann das Backen. Heute. Jetzt. Zwei Groschen bleiben. Ein wenig Zucker und Tee. Eine Scheibe Käse. Nein, eine halbe langt. Ein Teller Melasse. Vielleicht ein bisschen Reis und Linsen. Nein, einfach Reis, lassen wir die Linsen.

Sie schaut dem Jungen nach, der weggeht und dann ihrem Blick entschwindet.

Das Mahlen nimmt nicht viel Zeit in Anspruch. Sie eilt zum Kornhändler und kauft ein. Dann geht sie zur Mühle, mahlt und kehrt nachhause zurück. Sie ist klein, viereckig und füllig. Ihre grossen Brüste hängen herab bis auf ihren Bauch. Sie eilt zu Umm Sajjids Backstube und verkündet dort, sie müsse jetzt sofort Brot backen. Wer Fisch braten oder Essen backen wolle, habe zu warten, bis sie fertig sei. Auf Einwände hört sie nicht. Sie löst ihr Kopftuch und wirft es sich über die Schulter. Normalerweise ist die Backstube leer um diese Zeit am Morgen. Ein oder zwei Frauen hocken bei Umm Sajjid, die Sakîna wortlos anstarrt. Diese schreitet nachhause, berauscht von ihren eigenen Worten. Sie rollt ihre Gallabija hoch und entblösst ihre dicken Beine. Den Saum klemmt sie mit dem Ellbogen an der Hüfte fest. Wenn sie sich bewegt, sieht sie aus wie eine Ente, die zum Kanal watschelt.

Die Hälfte des Gebackenen verschlingen die Schulden. Sie zählt die Brote, die ihr bleiben.

Nicht schlecht, gepriesen sei Gott.

Es reicht, die seit langem anstehenden Schulden zu begleichen. Wenn sie in Schwierigkeiten ist, kann sie immer etwas borgen. Kaum aus der Backstube zurück, legt Sakîna die Laibe beiseite, die sie jeder Frau schuldet, und beginnt mit der Abtragung der Schulden. Sie geht selbst, um zurückzubringen, was sie selbst geholt hat. Den Jungen zu schicken wäre beschämend. Was würden sie von ihr sagen? Sie wickelt die Laibe, die sie einer Frau schuldet, in ihr Kopftuch und macht sich auf den Weg. Nicht um das Brot vor den Blicken zu verstecken. Was gäbe es da zu verstecken? Nur um es vor Staub und Fliegen zu schützen. Ausserdem ist es nicht gut, den bösen Blick anzuziehen, und eine der Frauen könnte ärgerlich sein, wenn sie ihr Brot ungeschützt auf dem Arm sieht.

Was übrig ist, legt sie in den Korb aus Palmzweigen. Diesen hängt sie mit einem Strick an die Decke, dessen Ende sie an einem Nagel im Hof verknotet. So hält sie den Inhalt von den Ratten und den Blicken ihres Mannes und ihrer Buben fern. Denn selbst wenn einer von ihnen satt wäre, würde er nach Brot in seiner Reichweite greifen. Und ihr Mann würde alles auf einen Sitz wegputzen.

Lange währen die Tage, an denen er arbeitet, nicht. Wenn sie ihn kommen sieht, die Gallabija über die Schulter geworfen, krampft sich ihr Herz zusammen. Dann denkt sie an das Backen, nachdem der Vorrat im Korb schon fast wieder erschöpft ist. Sein müder Gesichtsausdruck sagt ihr, dass er schlafen möchte. Sie geht mit ihm nach drinnen. Er lässt sich gern den Rücken massieren, bevor er sich schlafen legt.

Was gefällt dir eigentlich daran, zuhause rumzusitzen?, fragt sie ihn vorsichtig.

Er antwortet nicht.

Sie beugt sich über ihn. Ihre Brust berührt seine Schulter. Sie fragt ihn nochmals.

Ich kann es nicht leiden, wenn jemand meine Mutter beschimpft, murmelt er.

Wer hat sie beschimpft?

Mal die Kunden, mal der Boss.

Und warum tun sie das?

Frag sie! Zum Vergnügen, scheint's.

Zwei Tage und zwei Nächte schläft er. Sie legt ihm ein paar in ein Kleidungsstück gewickelte Brote neben das Bett. Sie hört ihn daran beissen, wenn er aufwacht, um gleich weiterzuschlafen.

Manchmal bittet er sie um etwas zum Eintunken.

Woher denn?, fragt sie.

Dann halt eine Zwiebel.

Woher denn?

Wenigstens ein bisschen Salz.

Sie gibt ihm ein wenig Salz. Er trinkt etwas Wasser und schläft weiter.

Ihr Zorn legt sich. Immer wenn er irgendetwas hat, sagt er das. Und wenn sie nun seine Mutter oder seinen Vater beschimpfen? Geht da die Welt unter?

Man hört Beschimpfungen, und man übergeht sie.

Eine Woche. Das ist das Höchste, was er arbeitet. Das reicht gerade für einmal Backen. Nur noch drei Laibe sind im Korb für die Buben. Und dann heisst es wieder borgen und von Haus zu Haus gehen. Wenn er sich eine weitere Woche für sie angestrengt hätte oder wenigstens vier Tage. Dann könnte sie ein weiteres Mal backen.

Aber eben, so ist es nun mal.

Er kommt wieder bei Nacht von seinen Streifzügen zurück und setzt sich auf die andere Seite der Bank, starrt in die finstere Gasse und brummt: Mein Gott, hätte ich doch nur ne Zigarette.

Er betrachtet Ragab, der, gegen den Schlaf kämpfend, neben ihrem Bein liegt. Sie versteht, was ihm durch den Sinn geht. Er möchte ihn gern zum Krämer schicken, um ihm eine Zigarette auf Pump zu holen.

Im Gegensatz zu anderen Leuten wird er dir nichts auf Pump verkaufen.

Ich weiss.

Die Nacht ist ruhig. Der Mond steht am Himmel. Kein Laut. Alles schläft. Wer in der Gasse ausser ihnen wäre zu dieser Zeit noch auf? Der Hunger hält den Schlaf fern. Eine Stunde, und die Bäuche beruhigen sich. Hungerkrämpfe bleiben nicht ewig. Ein Happen oder zwei, und sie verschwinden.

Ihr Mann streckt locker seine Beine aus. Er ist gutgelaunt. Sie weiss nicht, warum, will es auch nicht wissen.

Ihr genügt ihr eigener Zustand. Keine einzige Nachbarin, von der sie nicht Brot geborgt und das Geborgte noch nicht zurückgegeben hat. Könnte sie nochmals zu ihnen gehen? Zwei von ihnen würden sie vielleicht nicht abweisen. Alle wissen, dass sie zurückerstattet, was sie borgt, und zwar sobald sie backt.

Diesmal ist er schon lange zuhause.

Er denkt an überhaupt nichts.

Ach, Sakîna. Seine Stimme ist schwach. Er seufzt und schweigt.

Überrascht wendet sie sich zu ihm.

Schulbildung ist was Feines, sagt er.

Ihre Überraschung wächst. Was für Schulbildung?

Schulbildung eben, Frau. Einfach Schulen.

Schulen? Ja gut.

Schulen und Universitäten. Heut Abend sind die Jungs vom Ort, die an der Uni sind, auf Ferien gekommen. Sie haben den ganzen Abend im Café am anderen Ufer verbracht. Im grossen Café, dem mit der Holzwand aussenrum.

Ich kenn es. Ich hab's schon gesehen.

Ich bin auf der Bank neben der Holzwand gesessen. Von da hab ich sie erzählen hören. Ach, was die erzählt haben! Manches davon hab ich begriffen, anderes nicht. Da hätt ich sie gern gefragt.

Was hast du denn nicht begriffen?

Wie wenn du das begreifen würdest, Sakîna! Schweig doch lieber!

Tu ich ja.

Sie haben gesagt, niemand sollte jeden Tag wie ein Büffel am Wasserrad schuften müssen. Jeder sollte Zeit haben zum Nachdenken. Find ich gut, aber über was? Das haben sie nicht gesagt. Das hätt ich sie gern gefragt. Aber ich hab sie einfach angeschaut und den Mund gehalten.

Das hat dir natürlich gefallen, und du hast's begriffen?

Sie haben noch viel gesagt. Ja, für was man eigentlich lebt? Und ich denke mir, für was lebt man? Man lebt, und das war's dann. Sie haben gesagt: Man heiratet und hat Kinder. Find ich gut, aber was dann? Ich frag mich, was sie denn wollen. Was soll einer wie wir denn noch mehr tun? Viel Gerede. Dann sind sie gegangen, und ich auch. Und in meim Kopf hat's gebrodelt. Alles durcheinander. Manche Leute sind zufrieden, sag ich, andere sind es nicht. Komische Welt.

Was ist komisch daran?

Einfach so.

Er schweigt. Zieht die Beine an und legt sich auf die Seite. Danach dreht er sich auf den Rücken und beginnt sich zwischen den Beinen zu kratzen.

Den ganzen Tag juckt's mich.

Ob sie seine Hosen vor dem Waschen ausgeputzt habe, will er wissen.

Hab ich, Saghlûl. Es gibt haufenweise Flöhe und Läuse. Pass halt auf, wo du dich hinsetzt und wo du sie hinwirfst.

Ich sitz mit niemand ausser dir zusammen. Und niemand ausser dir zieht sie mir aus.

Hört, hört! Wann denn? Vor einem Monat?

Und letzten Donnerstag, weisst du das nicht mehr?

Das zählst du? Jeder andere würde sich schämen, das zu erwähnen.

Das war einmal, dass es danebenging.

Einmal? Die ganze Nacht rennst du herum, bis du total erschöpft bist. Was soll ich davon halten?

Er tritt nach ihr und trifft sie am Schenkel. Es ist das erste Mal, dass er sie tritt. Sie rollt sich zusammen und schweigt. Er steht auf und geht weg.

Es war ein schwarzer Tag, der Tag, an dem er die Studenten kennenlernte. Jeden Tag geht er bei Sonnenuntergang hinaus und kommt erst im Morgengrauen zurück. Er sucht nach ihnen im ganzen Ort. Wenn er sie findet, setzt er sich unweit von ihnen hin, damit er ihre Unterhaltung verstehen kann. Er möchte nicht ihre Aufmerksamkeit auf sich ziehen, um sie nicht durch seine Gegenwart zu stören: Mehrmals merkt er, dass er mit ihnen gelacht hat, oder er nickt zustimmend, wenn er etwas hört, das er versteht und das ihm gefällt.

Manchmal findet er sie auch nicht. Dann wandert er immer weiter, bis er die Hoffnung aufgegeben hat und ihm die Nähe jeder Ansammlung, auf die er trifft, recht ist. Doch was man in solchen Gruppen redet, gefällt ihm nicht mehr. Es ist das gleiche Geplapper wie immer. Der und der ging weg. Der und der kam zurück. Der und der schlug seine Frau, oder sie war wütend und ging zu ihrer Familie zurück. Dem und dem wurde ein Stück Vieh gestohlen. Dinge des täglichen Bedarfs werden alltäglich teurer. Und der Krämer zweigt allmonatlich soundso viel von den subventionierten Nahrungsmitteln ab. Was er da hört, beeindruckt ihn nicht, und mehrfach schon ist er eingeschlafen und erst wieder aufgewacht, als ihn jemand schüttelte, damit er zu schnarchen aufhöre. Da sind Welten zwischen diesen und den Studenten. Es stimmt, er versteht vieles nicht von dem, was sie sagen, doch was er versteht, beschäftigt ihn für lange Zeit. Und selbst das, was er nicht versteht, fasziniert ihn. Er geniesst seine Ratlosigkeit, während er es in seinem Gehirn bewegt. Ja, auch ihre Begeisterung, wenn sie miteinander sprechen, wenn sie alle durcheinanderreden und immer lauter werden. Dann nickt er und lauscht ihnen glückselig, »seinen Freunden«, wie er gern denkt und immer wieder vor sich hin sagt.

Es sind fünf, manchmal einer mehr, manchmal einer weniger. Ihr Stammplatz ist das grosse Café, immer die gleiche Ecke, von wo man die Strasse überblicken kann. Wenn er sie nicht findet, sucht er da und dort nach ihnen. Manchmal sieht er sie beim Spaziergang zwischen den Feldern. Dann hört er von fern ihr Gelächter, zu weit weg, um zu verstehen, was sie sagen, und deswegen bedrückt, gleichzeitig aber auch glücklich, sich in ihrer Nähe zu wissen.

Manchmal findet er sie nirgends. Dann schlendert er an ihren Häusern vorbei, die er inzwischen ausgekundschaftet hat, und findet sie vereint in einem davon. Er ist imstande, ihre Stimmen aus Hunderten anderer zu erkennen. Er hört ein wenig zu, und wenn er ihren Worten entnimmt, dass sie am Abend nicht ausgehen würden, geht er weiter auf der Suche nach anderen Leuten.

Einmal sass er auf der Bank an der Wand des grossen Cafés, während sie drin waren, schweigend, Wasserpfeife rauchend und laut hustend. Er wartete.

Die sind doch zu jung zum Rauchen, dachte er. Es wäre besser für ihre Lungen, wenn sie noch fünf Jahre warteten.

Sie sprachen mit gedämpfter Stimme. Erst vermochte

er nicht zu hören, was sie sagten. Dann wurden sie nach und nach lauter. Sie erzählten von Mädchen und Frauen, die sie dort, an ihren Universitäten, kennengelernt hatten. In Kairo, in Alexandria, in Helwân. Einer mietete ein Zimmer in einer türlosen Zweizimmer-Erdgeschosswohnung, deren zweiten Raum eine etwa vierzigjährige Frau bewohnte. Diese lebte allein und verliess am frühen Abend die Wohnung, um erst wieder am folgenden Morgen zurückzukommen. An manchen Tagen blieb sie in ihrem Zimmer, ohne dass er etwas von ihr hörte, keinen Laut, geschweige denn Lärm. Sie kleidete sich anständig und legte keinerlei Makeup auf, und immer lag ein grünschwarzer Schal um ihre Schultern. Sie grüssten sich im Vorbeigehen. Reden taten sie nicht miteinander. Jeder schloss die Zimmertür hinter sich ab. Er war irgendwie gehemmt mit ihr, da er nichts von ihr wusste. Die Toilette benutzten sie gemeinsam. Ohne sich darüber zu verständigen, hatten sie begonnen laut zu husten, um den anderen darauf aufmerksam zu machen, dass man auf dem Weg zum Klo sei. Und danach schlossen sie die Zimmertür immer lauter als nötig, um die Rückkehr mitzuteilen. Ein mieses Leben, sagte er.

Ob er mit ihr geschlafen habe, wollten die anderen wissen.

Mit der? So alt wie meine Mutter?

Ältere Frauen sind nett.

Ja, nett und auch noch freundlich.

Hört mal den Rest der Geschichte!

Er erzählte weiter.

Eines Abends verliess er aus irgendeinem Grund direkt nach ihr die Wohnung. Er sah sie einige Schritte vor sich und ging langsam, um einen gewissen Abstand zu lassen. Sie kamen zur Hauptstrasse, die sie überquerte. Dort, auf dem Platz, betrat sie ein Café. Neugierig geworden, folgte er ihr, und zu seiner Überraschung fand er sie an einem Tisch sitzend, direkt gegenüber der Tür. Ihre Blicke trafen sich, der ihre war streng. Er war verunsichert und setzte sich an den erstbesten Tisch. Danach nahm sie keinerlei Notiz mehr von ihm. Kein einziges Mal schaute sie zu ihm herüber. Er dagegen beobachtete sie insgeheim. Neben ihr sass ein Mann, der fünfzig oder ein wenig älter sein mochte und dessen Hand mehrmals auf die ihre fiel, und zwar auf dem Tisch. Ein Finger bewegte sich leicht, dann zog er seine Hand zurück. Als der Kellner das Tablett mit den Getränken für die beiden auf den Tisch stellte, beugte er sich leicht vornüber. Dabei stützte er sich mit seiner freien Hand auf ihre Schulter. Später verliess sie mit dem Mann das Café, und zusammen bestiegen sie ein Taxi.

Eine von denen!, riefen die Umsitzenden.

Als du grünschwarzer Schal gesagt hast, hab ich's gewusst. Zu mir ist noch nie eine gekommen, die nicht so einen Schal über die Schultern gehabt hätte.

Ja und dann?

Er erzählte weiter.

Als er am nächsten Vormittag gerade zur Uni gehen wollte, kam sie ihm entgegen. Auf dem Gang zwischen den beiden Zimmern blieb sie stehen. Sie war aufgebracht. Trotzdem sprach sie ruhig.

Könntest du mir bitte erklären, warum du mir gestern hinterhergelaufen bist?

Er war verunsichert.

Er sei ihr nicht hinterhergelaufen, sondern rein zufällig in das Café gekommen. Er habe nicht gewusst, dass sie drin war.

Noch immer wütend, starrte sie ihn an.

Ja, ich bin so eine, sagte sie dann in aller Entschiedenheit. Sonst noch was, was du wissen willst?

Er war ratlos und schweissgebadet. Ohne ein weiteres Wort stürmte er hinaus.

Ja und dann?, riefen sie, als er schwieg.

Und dann?

Nichts?

Er lachte.

Sie hätten weitergelebt wie zuvor. Hätten sich gegrüsst, ohne weitere Worte zu wechseln. Alles wie gehabt.

Und sie kam nie zu dir?

Nein, und sie hatte auch nie die Absicht.

Und du hast es nie probiert?

Was probiert, Kerl?

Nur das habe er immer befürchtet, dass jemand vom Dorf ihn besuchen käme und ihn in dieser Situation sähe. Das hätte einen Skandal geben können. Deshalb begann er sich nach einer anderen Unterkunft umzusehen. An dem Tag dann, als er seine Habseligkeiten hinaustrug, öffnete seine Nachbarin zu seiner Überraschung ihre Zimmertür und trat zu ihm. Über ihrer Hausgallabija trug sie einen Morgenmantel. Ihr Gesicht war ruhig und traurig. Mit belegter Stimme fragte sie ihn, ob sie etwas getan habe, was ihn gestört habe.

Überhaupt nicht.

Warum ziehst du dann aus?

Er erklärte es ihr in aller Offenheit.

Sie hätte doch sicher schon von den Sitten der Leute vom Land gehört. Irgendwann würde ganz sicher einmal sein Vater oder einer seiner Brüder vorbeikommen, um ihn zu besuchen oder etwas zu erledigen. Dann würden sie ein paar Tage bei ihm wohnen, bis alles fertig sei. In diesem Fall würden sie von ihrer Existenz erfahren, und das könnte ausgesprochen peinlich werden: entweder durch ihre Blicke auf sie oder durch ihre Versuche, mit ihr zu reden oder ihr gute Ratschläge zu erteilen. Seine Situation wäre dann nicht beneidenswert.

Ich verstehe, murmelte sie, ohne ihn anzuschauen. Dann drehte sie sich um, verschwand in ihrem Zimmer und schloss die Tür.

Danach erzählte jeder der Burschen seine Erlebnisse mit Frauen. Wie sie sie kennengelernt hätten, wie sie es mit ihnen getrieben hätten, gegen Bezahlung oder ohne, wie oft sie es in einer Nacht geschafft hätten und in welchen Positionen.

Die grösste Lüge, die man immer wieder hört, ist die, im Dunkeln wären alle Frauen gleich.

Das stimmt. Keine ist bei irgendetwas wie die andere.

Für mich der schönste Augenblick ist der, wenn ich sie ausziehe, Stück für Stück.

Aha, wie im Film.

Ja, vielleicht. Jedenfalls mit sicherer Wirkung.

Ich will mir die Hand abhacken, wenn du je eine angefasst hast.

Also, mal ehrlich: Nach meiner Erfahrung gibt es noch immer nichts Besseres, als es sich selber zu machen, in der Umarmung mit sich allein im Augenblick, wenn's drückt.

Wie recht du hast. Ich kenn da eine, die hat mir erzählt, ihr Mann lässt sie im Bett allein und geht ins Bad, um es sich selbst zu machen.

Das ist doch blödes Geschwätz von einem runtergekommenen Weib. Kein Mann auf Erden würde das tun.

Jeder von ihnen steuerte etwas bei. Sie wurden lauter. Junge Burschen eben. Auch er war einmal so. Er hatte früh zu rauchen begonnen. Mit zehn. Dann hatte er wieder damit aufgehört. Frauen hatte er früher als diese da kennengelernt. Damals war er fünfzehn gewesen. Zuvor hatte er immer frühmorgens am Flussufer herumspioniert, wenn sich eine zwischen den Bäumen dort hinhockte und sich auszog bis auf den Unterrock. Dann stürzte sie sich ins Wasser, wobei der Unterrock sich beim Herumpaddeln aufblähte und zu den Schultern hochrutschte. So konnte er den ganzen nackten Körper sehen, der sich unter der Wasseroberfläche wand. Danach kam sie heraus und setzte sich auf eine Steinplatte. Der Unterrock klebte an ihr und liess nichts unsichtbar, während sie sich mit ein paar Strohhalmen rieb. Wie diese Burschen da begann er zu keuchen. Nichts leichter, als Frauen hier im Dorf zu kriegen. Und sie verlangten nicht einmal was dafür wie die Frauen, die diese da in der Stadt kennengelernt hatten. Er könnte ihnen jede Menge Sachen erzählen, die er gesehen und gehört hatte. Die Maisfelder bei Nacht. Die kaputten Häuser am Dorfrand. Das verlassene Wasserrad. Die Bäume hinter der Mühle oder gar die Mühle selbst. Mitunter liess eine Frau ihr Korn von einer anderen hüten und ging ins Gestrüpp, wo jemand sie schon erwartete. Nach einiger Zeit kam sie zurück und machte noch ihr Kopftuch fest. All das waren Plätze, denen sich bei Nacht niemand näherte wegen all der Geschichten über Dämonen, die dort auftauchten, um ihren schaurigen Schabernack zu treiben.

Da hockt er nun neben dem Café, den Kopf zwischen die angezogenen Knie gepresst, und kämpft gegen den Schlaf, weder zufrieden noch überrascht. Was sie erzählen, kann jeder erzählen. Er würde gern etwas hören, was er nicht schon weiss. Ihre abendliche Runde ist fast zuende. Nicht mehr lange, und das Café wird geschlossen, und alle gehen nachhause. Sie haben nicht wie sonst etwas Umwerfendes erzählt, etwas, über das er nachdenken könnte, bis er sie wiedersieht. Das letzte Mal haben sie über etwas gesprochen, das sie Politik nannten. Den ganzen Abend nichts anderes. Die Lage im Land, und woran es krankt, und das schon seit Jahrhunderten. Er hatte das Gefühl, sie sprächen über ein anderes Land, eines, mit dem er nichts zu tun hat.

Warum hat unser Land, im Gegensatz zu anderen Ländern auf der Welt, lange Jahre der Imperialistenherrschaft erlebt?, fragten sie. Und zwar Imperialisten der schlimmsten Sorte. Türkische, französische, englische. Und danach? Ganz sicher ist der Fehler bei uns zu suchen, bei der Bevölkerung. Wir arrangieren uns mit jeder Situation, mit jeder Herrschaft. Wo sind die grossen Revolutionen, die wir aus anderen Ländern kennen? Dort hat man den Imperialisten rausgeworfen und die korrupten Systeme beseitigt. Und wie sieht's bei uns aus? Ein paar Demos auf der Strasse, und schon fletscht die Staatsmacht die Zähne und schickt ihre schwerbewaffneten Truppen, um die Demos aufzulösen.

Die Urâbi-Revolte* und die Revolution von 1919**, das ist alles, was wir vorzuweisen haben in unserer langen Geschichte und Zivilisation, wie man so sagt. Dann noch die Revolution von 1952***, eigentlich ein Militärputsch. Und wo war das Volk damals? Zuhause, in seinen Hütten, Gott sei Dank. Als die Leute aufwachten, erklärte man ihnen: Die korrupte Herrschaft ist auf Nimmerwiedersehn verschwunden, und wir sorgen jetzt für euch. Euch schütze Gott, der im Himmel ist und alles sieht. Nennt mir ein einziges Land, das seit bald sechzig Jahren vom Militär regiert wird. Das meine ich. Der Fehler liegt bei uns, der Bevölkerung.

Sie waren aufgebracht. Er wartete, bis sich ihr Zorn verzogen hatte. Ein langes Schweigen, während dessen er nichts hörte als hin und wieder ihr Schlürfen. Dann begannen sie über ihre Lieblingslieder zu sprechen. Umm Kulthûm, Abdalwahhâb, Fairûs. Auch er mag die Sängerinnen und Sänger, die sie nennen, obwohl er nie die Geduld aufgebracht hat, eines ihrer Lieder bis zum Ende anzuhören.

Der Abend verging, ohne dass über etwas anderes gesprochen wurde.

* Gemeint ist die von Achmad Urâbi geführte Volkserhebung 1879–1882 gegen den wachsenden ausländischen Einfluss in Ägypten. Die Befürchtungen, europäische Investitionen könnten gefährdet sein, führten zur militärischen Intervention Grossbritanniens 1882.

** Gemeint ist die Volksbewegung, die nach dem auch für Ägypten verlustreichen Ersten Weltkrieg Unabhängigkeit von Grossbritannien forderte. Aus dieser Bewegung ging die liberale Wafd-Partei unter der Führung von Saad Saghlûl hervor.

*** Gemeint ist der Putsch der sogenannten Freien Offiziere, in dessen Folge zunächst Muhammad Nagîb, danach (ab 1954) Gamal Abdel Nasser ägyptischer Staatspräsident wurde.

Zwei Tage später kamen sie wieder ins Café. Sie tranken und rauchten ihre Wasserpfeife. Sie sprachen wenig. Ihren Worten entnahm er, dass einer von ihnen krank war. Er spitzte die Ohren. Sie erwarteten ihren Freund vom Arzt zurück, damit sie ihn besuchen konnten. Höchstwahrscheinlich Leberprobleme, sagten sie. Bilharziose. Welcher von ihnen war es? Er konnte es nicht sagen. Er kannte alle ihre Namen, wusste aber nicht, welcher zu wem gehörte.

Als sie das Café verliessen, folgte er ihnen. Sie gingen von Strasse zu Strasse. Schliesslich betraten sie das Haus ihres Freundes, in dem Licht brannte. Er wartete davor. In der Nähe standen zwei Bäume. Er setzte sich unter einen davon, lehnte sich mit dem Rücken gegen den Stamm und warf Steinchen, die er mit der Hand erreichen konnte, in die Dunkelheit.

Wenn sie weggingen, könnte er ihre Gesichter sehen und herausfinden, wer wer war. Plötzlich lachten sie weithin hörbar. Auch ihr kranker Freund lachte mit. Er stand auf, klopfte seine Gallabija ab und ging.

Dann reisten sie ab.

Er nahm sein Schlendern in der Marktstrasse wieder auf, bis er Scheich Radwân begegnete, einem Universitätsprofessor für Jurisprudenz und kanonisches Recht. Dieser verbringt seine Ferien allemal im Dorf, um seine Ländereien zu kontrollieren und andere Angelegenheiten zu regeln, über die er nicht offen spricht, die den Leuten aber durch Zufall bekanntwurden. Wer würde glauben, dass er den Tuchladen »al-Nahda« auf dem Markt sein Eigen nennt, den ein Verwandter seiner Mutter betreibt, die aus einem anderen Dorf stammte? Oder dass er an der Kälberzucht beteiligt ist? Er kauft die Tiere sehr jung und überlässt sie den Fischern zur Aufzucht. Wenn sie herangewachsen sind, verkauft er sie und kauft wieder kleine. Die Preisdifferenz teilt er sich mit demjenigen Fischer, der mit der Fütterung beauftragt war. Die Leute im Dorf erfuhren davon, als sie drei dieser Fischer vor Scheich Radwâns Haus sitzen sahen, wo sie auf das Erwachen des Scheichs warteten. Jemand, von Neugier getrieben, setzte sich zu ihnen. Die Fischer sind beim Reden nicht so geschickt wie die anderen Dorfbewohner und plauderten rasch alles aus. Ausserdem hatte davon ja niemand einen Nachteil. Sie seien von ihren Weilern in der Umgebung gekommen, um auf dem Viehmarkt Kälber zu erwerben. Doch das Geld, das ihnen der Professor gegeben habe, reiche nicht für alle Tiere, die sie ausgewählt hätten. So machten sie eine Anzahlung und sagten, sie würden beim Professor das fehlende Geld holen. Sie hatten sogar ihren Daumenabdruck auf die Eigentumsdokumente für die Kälber geleistet, um ihm den Gang in die Weiler zu ersparen.

Der Neugierige fragte sie, was das Füttern eines einzigen Kalbes pro Tag koste.

Nicht viel.

Wie viel?

Nicht viel.

Wie viel etwa?

Nun wurden die drei Fischer argwöhnisch, und ihr Wortführer sagte: Eigentlich nichts.

Überhaupt nichts?

Nicht viel.

Als Scheich Radwân von diesem Gespräch erfuhr, lachte er herzlich. Wenn er gefragt worden wäre, sagte er, hätte er es verraten und ausserdem jedem, der sich dafür interessiere, die Namen der Männer genannt, mit denen er zusammenarbeite.

Sein zweistöckiges Haus steht am Eingang des Dorfes in einem kleinen Garten mit Rosensträuchern, Orangen- und Zitronenbäumen. Niemand nähert sich dem Haus, wenn die Bäume Früchte tragen, nicht einmal wenn der Scheich nicht da ist. Die Früchte fallen zu Boden und verfaulen. Dann vertrocknen sie und werden leicht, und der Wind trägt sie fort. Der Wagen, den er sich für seine Ankunft mietet, hält vorne an der geteerten Strasse, die zu seiner Haustür führt. Er geht zuerst, eine hochgewachsene Frau folgt ihm, dann drei Mädchen, kleiner als sie. Schliesslich der Fahrer, der die Koffer trägt. Die Frau und die Töchter sind völlig verschleiert. Kleine Löcher im Gesichtstuch lassen ihre strahlenden Augen erkennen. Während ihrer Zeit im Dorf verlassen sie kein einziges Mal das Haus. Sie besuchen niemanden, und niemand besucht sie. Die Fenster bleiben auch am Tag ständig geschlossen. Nur bei Nacht werden sie weit geöffnet, wenn alle Lichter gelöscht sind. Wer am Haus vorübergeht, kann dunkle Schatten sehen – Köpfe und Schultern. Doch sobald die Scheinwerfer eines Autos aufleuchten, verschwinden sie.

Das Haus ist ruhig. Nicht einmal das Radio hört man. Deshalb waren die Leute, die in der Nähe wohnen, überrascht, ja erschrocken, als eines Nachts zwei Schreie hintereinander zu hören waren. Dann Schluchzen, danach wieder Stille. Eine Weile blieben sie ratlos abwartend, ohne den Mut, sich zu nähern und Fragen zu stellen. Es sei die Stimme der Frau gewesen, laut, schmerzvoll und schwer mit Heiserkeit. Schreie von Mädchen seien im Allgemeinen von einer gewissen Schrillheit.

Diejenigen, die ihm nahestehen, kannten seine Qualitäten und verstanden seinen Wunsch nach einem Sohn, den ihm Gott noch nicht geschenkt hatte, was er geduldig ertrug. Diesen enthüllte er, dass er ständig darüber nachdenke, wer denn sein Erbe sein und wer seinen Namen fortführen solle.

Dann versicherten sie ihm, es sei ja noch viel Zeit.

Doch er äusserte schulterzuckend, der Leib, der sich dreimal mit einem Mädchen füllte, werde niemals einen Jungen hervorbringen. Seine Äusserung wurde zu einer dieser Weisheiten, die man herumreicht, wobei viele Leute ihre Quelle nicht kennen und sie mitunter auch dem einen oder anderen Imam zuschrieben.

Diejenigen, denen er seine Klage enthüllte, spürten, dass er von ihnen eine Reaktion erwartete, und so sagten sie: Heiratet doch nochmals, Scheich Radwân. Niemand wird Euch dafür tadeln. Es wäre durchaus im Einklang mit dem heiligen Gesetz.

Er starrte seinen Gesprächspartnern ins Gesicht. Dann senkte er wortlos den Kopf. Und beim Weggehen flüsterte einer von ihnen: Entweder hat er's insgeheim schon getan, oder er wird es tun. Ich kenne Scheich Radwân seit Jahren.

Und wenige Monate später, nachdem das Geheimnis an den Tag gekommen war, flüsterte er nochmals: Ich hab's euch doch gesagt. Jetzt ist er mit dreien verheiratet.

Das ist sein vom heiligen Gesetz verbürgtes Recht.

Gepriesen sei Gott! Bis jetzt ist noch kein Junge da. Und die vierte wird sicher bald kommen.

Sie brauchten nicht viel zu forschen oder zu fragen. Sie kam ganz von allein. Man bemerkte, dass jedes Mal, wenn er in den Ferien kam, die Frau, die ihm folgte, eine andere Gestalt hatte als bei den Malen zuvor, einmal von zwei Töchtern begleitet, ein anderes Mal von einem einzigen, noch kleineren Töchterchen. Und alle tiefverschleiert.

Kaum hat Scheich Radwân sich eingerichtet, da eilt auch schon der Scheich der Moschee zu ihm, um ihn zu bitten, die Gemeinde in den Genuss einer freitäglichen Predigt kommen zu lassen und die Leute beim Gebet zu leiten.

Selbstverständlich, selbstverständlich. Diese Moschee hier ist meinem Herzen sehr nahe. War es doch hier, wo ich zum ersten Mal, damals sechs Jahre alt, am Gebet teilnahm.

Die Moschee ist bis auf den letzten Platz gefüllt. Sogar davor werden Matten ausgebreitet, um die Beter aufzunehmen, die von weit her kommen und ihre eigenen Moscheen verliessen. Die Grossen im Dorf haben für die Anschaffung neuer Matten und Wasserhahnen gespendet, und Klempner haben die verstopften Rohre gereinigt, die immer überliefen und die Strasse mit Gestank füllten.

Scheich Radwân erscheint in Begleitung von zwei Bekannten, frisch poliert und strahlend und mit wiegendem Schritt. Er trägt einen weiten Umhang und einen Kaftan. Der Schal um seinen Turban ist strahlend weiss. Kaum hat er die Kanzel erklommen, wird aus ihm ein anderer, ihnen unbekannter Mann. Die Freundlichkeit verschwindet, und sein Gesicht nimmt einen fast drohenden Ausdruck an. Seine Predigt ist aggressiv. Er attackiert die Feinde des Islams und diejenigen, die ihn, mit oder ohne Absicht, schädigen. Ihnen droht er Qualen im Jenseits an. Seine Ausführungen sind gesättigt mit der Hölle und ihren nie erlöschenden Feuern. Auch diejenigen werden bedacht, die ihre Religion nicht wahrhaft kennen und sich mit der blossen Erfüllung der Pflichten begnügen; die diese gähnend oder hastig hinter sich bringen, ohne sich darüber klar zu sein, wie hehr und erhaben sie sind.

Nach dem Gebet drängen sich die Gläubigen um ihn. Sie stellen ihm Fragen, die er lächelnd beantwortet, während er sich seinen Weg nach draussen bahnt.

Auch Saghlûl war eines Freitags in der Menge und versuchte, zu ihm zu gelangen. Er reckte den Kopf, um besser zu hören, und er entdeckte, dass es sich bei den Fragen nur um leere Worte handelte, Dinge, die auch er hätte beantworten können. Fehler beim Fasten oder bei der Waschung.

Der Fehler ist ohne Vorsatz. Gott ist verzeihend und barmherzig, murmelte Scheich Radwân voller Langmut.

Plötzlich näherte sich ihm jemand und flüsterte ihm etwas ins Ohr. Der Scheich blieb stehen und blickte zu Boden. Dann hob er ein wenig die Stimme: Und du hast mit ihr Unzucht getrieben?

Es ist so passiert, Meister.

Faste drei Tage. Vielleicht wird Gott dir verzeihen.

Und nach dem Fasten darf ich weiter mit ihr Unzucht treiben?

Der Scheich wandte sich abrupt um und sah ein Gesicht, das das Lachen unterdrückte.

Basjûni?, rief er. Jetzt hast du mich aber reingelegt. Er schloss ihn in die Arme, dann gab er ihn wieder frei. Ich habe mir so gewünscht, mit dir zusammenzusitzen. Heute Abend, nach dem Gebet. Im grossen Café. Wir werden über die Vergangenheit reden und ein wenig miteinander lachen.

Saghlûl stand vor der Moschee und blickte hierhin und dorthin. Man drängte sich und stellte Fragen, hatte aber eigentlich nichts zu fragen. Und der Scheich, statt sie zu ignorieren, antwortete. Saghlûl dachte an seine Freunde, die Studenten. Wenn die hier wären, oder wenigstens einer von ihnen. Der könnte den Herrn Professor mit Fragen anderer Art zerzausen. Sein Wissen schien immens, und in seiner Predigt hatte er vieles zitiert. Was Saghlûl wirklich befremdet hatte, war das Gespasse mit Basjûni, und das in Hörweite aller. Niemals hätte er erwartet, dass der Scheich so jemanden zum Freund hat. Alle wissen, was Basjûni für einer ist. Keiner im Ort nimmt ihn ernst. Das ist wie mit den Studenten. Immer wieder äusserten sie Dinge, die ihn perplex zurückliessen, mit Gedanken, die dahin und dorthin schweiften. Als sie das letzte Mal im Dorf waren, unterhielten sie sich über Frauen und sagten Dinge, die jeder äussern könnte; dabei ereiferten sie sich und schrien herum.

Saghlûl bückte sich, hob einen Stein auf und warf ihn in den Fluss. Er entdeckte, dass er Scheich Radwân gefolgt war, der, in Begleitung von zwei Männern, nur ein paar Schritte vor ihm ging. Danach schlenderte er allein die Marktstrasse entlang, bis er vor dem Stoffgeschäft »al-Nahda« stehen blieb. Er erklomm die Schwelle und setzte sich mit gekreuzten Beinen auf die Bank in dem Durchgang vor dem Laden.

Die Bank bietet Platz für zwei, doch wenn er mit seinen fetten Schenkeln darauf sitzt, ist sie ausgefüllt.

Saghlûl ging am Laden vorbei und wieder zurück. Dann ein zweites Mal. Der Scheich trank seinen Tee und stellte das Glas unter die Bank. Wenige Kunden traten in den Laden. Die meisten Frauen. Manche blieben darin. Ein Gedanke drängte sich ihm auf: Wenn er ihn nun anspräche? Ihm einfach eine Frage stellte und seiner Antwort lauschte? Er suchte in seinem Gehirn nach den Fragen, die ihn umtrieben. Sie waren verschwunden. Vielleicht kämen sie von selbst zurück, wenn er mit ihm zu reden begänne. Ein oder zwei mochten ihm entschlüpft sein, aber viele hafteten in seinem Kopf. Eine Frau kam und stieg zum Laden hinauf. Er stand zögernd einen Schritt entfernt. Die Frau war füllig. Ihr grosser Körper bewegte sich grazil. Das Tuch war ihr vom Kopf gerutscht. Pechschwarzes, weiches Haar war sichtbar, ebenso das Ende eines leuchtend farbigen Kopftuchs; es war mit Pailletten eingefasst, die in der Sonne blinkten. Sie winkelte ihren linken Arm an und hielt ihn unter die linke Brust, die sich kräftig vorwölbte und sichtbar wippte. Sie trat in den Laden, als plante sie einen Angriff. Saghlûl schaute kurz auf sie. Dann richtete sich sein Blick wieder auf den Scheich, der, ein wenig vorgebeugt, den Rücken der Frau anstarrte. Nicht weit von ihm entfernt hockte sich Saghlûl nieder. Er zog seinen Nacken ein wenig zurück, den er viel hin und her bewegt hatte. Der Scheich erblickte ihn und murmelte rasch: Wer ist denn das? Die Frau, die da reinging?

Saghlûl schaute sich um und sah niemanden. Dann betrachtete er wieder den Scheich, der dort thronte, den Blick auf die Ladentür gerichtet. Saghlûl kratzte auf der Erde herum.

Gleich als ich Euch sah, Meister, sagte ich mir, Ihr seid der Mann, mir meine Frage zu beantworten, begann Saghlûl.

Scheich Radwân fühlte sich gestört. Er schaute ihn an und murmelte: Still. Später.

Saghlûl, ganz in sich versunken, hörte nichts.

Viele Fragen, die ich im Kopf habe, fuhr er fort. Sie kommen und gehen. Ihr könntet sie mir erläutern, hab ich mir gesagt.

Der Scheich schloss für einen Moment die Augen. Dann blickte er scharf auf Saghlûl, der weiter in der Erde vor sich scharrte.

Gott, der Allmächtige, schuf die Welt und alles darin. Er befahl den Menschen, ihm zu dienen. Ich frage mich immer, warum er will, dass man ihm dient, wenn er das alles geschaffen hat. Und wenn man ihm nicht dient, wird er zornig und droht den Menschen Höllenqualen an.

Inzwischen war der Scheich auf der Bank völlig wach. Seine Augen waren weit geöffnet. Er schaute sich gebannt um.

Saghlûl zog sich die Gallabija um die Knie und bat: Versucht doch, es mir mit meinem begrenzten Verstand klarzumachen. Wenn Gott, der Allmächtige, will, dass die Menschen ihm dienen, gut, so kann er ja in irgendeiner Gestalt erscheinen und sagen: Ich bin es, der euch geschaffen hat, also dient mir! In dem Fall würde niemand nein sagen.

Er schwieg und wischte sich den Mund mit dem Handrücken. Schaute auf die Strasse, wo die Menschen hin und her gingen. Dann neigte er den Kopf und kratzte wieder auf der Erde. Der Scheich sass auf der Bank mit steifem Rücken, seine Miene war ärgergefärbt. Er suchte mit den Füssen nach seinen Schuhen, die unter der Bank verschwunden waren.

Gut, sagte Saghlûl, ich verstehe nicht viel davon. Ich denke einfach nach. Ich sage mir, der Allmächtige hat viele Propheten geschickt, alle paar Jahre einen. Drei von ihnen kenn ich: Moses, Jesus und Muhammad, Friede und Gottes Segen auf ihnen. Alle drei rufen zur Verehrung Gottes auf, jeder auf seine Art. Und jeder, egal welcher Art er folgt, behauptet, so sei es Gott am liebsten, und erklärt die anderen zu Lügnern. Im Lauf der Zeit sehen wir dann, wie sich die drei Seiten bekämpfen und gegenseitig umbringen. Und da frag ich mich halt, warum? Wenn es denn nicht anders geht, reicht ja eigentlich ein Prophet.

Er sprach völlig gedankenverloren. Der Tritt, der ihn ein paar Schritte zurückwarf, überraschte ihn, bevor er ihn schmerzte. Er fiel auf den Rücken und zog schützend die Knie an. Scheich Radwâns Schrei liess die ganze Strasse erstarren.

Willst du mit deinem Herrn rechten, du Hundesohn?

Saghlûl wich einem Fusstritt aus, der auf seinen Magen zielte. Dann rappelte er sich auf, fest im Griff des Scheichs. Dieser schleppte ihn zurück zur Bank, noch immer in Strümpfen und mit seinem Blick nach den Schuhen suchend. Vielleicht wollte er Saghlûl damit verdreschen, weil ihn seine Hände schmerzten.

Wo sind sie bloss?, murmelte er.

Saghlûl erblickte die Schuhe und zeigte zögernd darauf. Der Scheich sah erst das Zeichen, dann die Schuhe.

Du Ketzer, du Strolch!, schrie er und liess seine Hand auf Saghlûl herabsausen.

Ein paar Leute kamen die Strasse entlanggerannt.

Überlass ihn uns, Meister!, riefen sie.

Heftige Schläge prasselten auf Saghlûl nieder, der völlig von den Leuten eingekreist war. Eine Kundin zog ihren Pantoffel vom Fuss und schrie: Wo ist der Kerl? Wollte er Euch beklauen, Herr?

Aus dem Absatz ihres Pantoffels ragte die Spitze eines Nagels heraus und bohrte sich in Saghlûls Kopf. Der Scheich zerrte vorn an seiner Gallabija.

Du gottloser Spross aus gottloser Sippschaft!

Die Gallabija! Ihr zerreisst meine Gallabija.

Doch Saghlûls Ruf verlor sich im Geschrei.

Die feiste Hand des Scheichs war zum Schlag erhoben. Am Mittelfinger trug er einen Ring mit einem grossen Stein, der für einen Augenblick im Sonnenlicht erglänzte.

Vierundzwanzig Karat Gold, flüsterte die hübsche Frau, die an der Ladentür stand. Ich erkenne das auch auf ein paar Meter Entfernung.

Zur Überraschung des Scheichs riss die Gallabija fast ohne Widerstand. Saghlûls Körper war völlig ausgemergelt. Seine Rippen standen hervor. Seine Hose war lehmfarben. Der Scheich stiess ihn zurück und liess sich keuchend auf die Bank sinken.

Dieser Gottlose! Und mir, gerade mir so etwas zu sagen!

Die anderen liessen von Saghlûl ab, dessen Nase blutete, dessen Kopf eine dattelgrosse Beule aufwies und dessen Lippen geschwollen waren. Ein Auge war blau gerändert.

Meine Gallabija ist verrissen.

Er hielt mit der Hand den langen Riss zusammen.

Schneid ihm fünf Meter ab, und schmeiss es ihm ins Gesicht, rief der Scheich seinem Verwandten, dem Inhaber des Ladens, zu.

Saghlûl drehte sich um und ging durch die Umstehenden davon.

Er solle warten, bis er den Stoff abgeschnitten habe, rief ihm der Verwandte des Scheichs nach.

Doch Saghlûl ging weiter. Er überquerte die Strasse und verschwand in der nächsten Gasse.

Sakîna sitzt wie üblich auf der Bank und erwartet den Tagesanbruch. Ragab, ihr jüngerer Sohn, schläft noch, den Kopf auf ihrem Bein. Als sie ihm die Gallabija über die Beine zieht, sieht sie den Abszess, von dem sie geglaubt hat, er sei verschwunden. Sie fährt mit der Fingerspitze darüber.

Noch immer ziemlich hart.

Der Junge stöhnt im Schlaf.

Ihr Mann auf der anderen Seite der Bank stochert mit einem neuen Strohhalm zwischen den Zähnen. Sâhir, der ältere, sitzt etwas entfernt von ihnen mit dem Rücken an den Türrahmen gelehnt. Vielleicht ist er von allen am hungrigsten. Er läuft unablässig hierhin und dorthin. Die Gasse ist vom einen bis zum anderen Ende leer. Kein Geräusch. Alles schläft. Über allem liegt noch die feuchte Kühle der Nacht.

Zwei Hunde tauchen auf und laufen friedlich nebeneinander. Da und dort bleiben sie stehen und schnüffeln an den Schwellen der Häuser. Dann ziehen sie weiter. Der eine, offensichtlich der Rüde, springt dem anderen auf den Rücken im Versuch, sich ihn zwischen die Beine zu klemmen. Einen Augenblick senkt das Weibchen den Kopf und scheint sich ihm überlassen zu wollen. Doch plötzlich schüttelt sie ihn ab, und gemeinsam nehmen sie ihren Gang wieder auf. Sakîna wendet ihren Blick von ihnen ab. Er sei wohl nicht ganz bei der Sache gewesen, denkt sie und zieht sich die Gallabija um die Beine.

Bald ist es so weit. Höchstens noch eine Stunde.

Man wacht auf, wäscht sich das Gesicht, frühstückt. Trinkt Tee, wenn es welchen gibt. Wie alle Geschöpfe Gottes. Die Männer verlassen das Haus. Dann kann sie bei den Frauen vorbeischauen. Als sie genügend hatte, war sie mit keiner von ihnen knausrig. Früher kamen sie zu ihr, und sie haben das nicht vergessen. Zum letzten Mal damals, als Saghlûl zwei volle Monate arbeitete. Es gab alles im Haus. Eine kam und bat um etwas Zucker und Tee für den Kessel auf dem Feuer. Ein Gast war gekommen, aber niemand da, um zum Laden zu gehen. Der Zucker und der Tee kamen nie zurück. Ebenso ging es mit dem Kaffee, dem Salz, den paar Knoblauchzehen, der Zwiebel. Mehr als einmal gab sie etwas und bekam es nicht zurück. Auch Öl.

Nein, mit dem Öl war es anders.

Wenn eine mit einem Becher oder einer Kanne kam, dann war es richtig geborgt. Wenn sie aber mit einem Tellerchen kam und nur etwas von dem wollte, was auf dem Feuer stand, musste es nicht zurückgegeben werden. Sie gab ihnen alles, worum sie baten, geborgt oder anders. Wer es zurückbrachte, bitte sehr. Wer nicht, ebenso. Von ihr kam kein Wort, nicht einmal ein schräger Blick auf die Frau.

Zwei Monate lang gab es im Haus alles, was man sich wünschen kann. Sogar eine Schachtel mit einem halben Kilo

Sesamgebäck. Da schloss sie die Tür und setzte sich mit den beiden Jungen hin – Saghlûl war arbeiten, und sie sahen ihn nur sporadisch –, und zu dritt putzten sie das Ganze auf einen Sitz weg. Damals kaufte sie zwei Gallabijas und Wechselwäsche für Saghlûl und die Buben. Auch für sich selbst. Und Schlappen für Saghlûl. Es war das zweite Mal, dass er Schlappen trug, wenn wir das erste Mal mitzählen, damals, am Tag der Hochzeit, als er die Schlappen von einem Freund geliehen hatte. Als er sie schon am folgenden Morgen zurückbrachte, sagte der Freund zu ihm: Behalt sie noch ein paar Tage. Du bist ja immer noch Bräutigam.

Das zweite Mal kaufte sie ihm welche. Sie wollte sie an seinen Füssen sehen. Doch nach wenigen Tagen waren sie weg, und am Abend kam Saghlûl barfuss zurück. Als sie es merkte, fragte sie ihn danach. Er beugte sich vor und murmelte überrascht: Richtig. Wo sind die bloss?

Irgendwo hatte er sie vergessen. Und die möglichen Orte waren zahlreich. Er versuchte, sich zu erinnern. Ging zurück, um danach zu suchen, kam aber ohne die Schlappen zurück.

Ach ja, Gott erbarme sich Hagg Abdalrahîms. Sie hatte nie von einem besseren Mann gehört. Sie hätte ihn gern einmal getroffen, doch das ergab sich nie. Saghlûl bekam zufällig mit ihm zu tun. Jahrelang war der Hagg im Ausland, und bevor er zurückkehrte, liess er Arbeiten an seinem Haus vornehmen. Unter anderem errichtete man eine Mauer, mit der ein Stück des Kanalufers abgeschnitten und seinem Grundstück angegliedert wurde. Alle sahen's, doch niemand sagte etwas.

Das jedenfalls hörte sie. Jedoch nicht von Saghlûl. Dieser sagte kein einziges Wort, nicht einmal, als sie ihn nach Hagg Abdalrahîm fragte und wissen wollte, was es mit seinem Haus auf sich habe.

Saghlûl war draussen auf Arbeitssuche, nachdem er lange Zeit zuhause herumgesessen hatte, abgesehen von den Abenden, die er auf der Strasse zubrachte.

Hagg Abdalrahîm also kehrte aus dem Ausland zurück. Jeder, der ihn sah, war überrascht. Er war fünfmal so umfangreich wie zuvor. Sein Hals war verschwunden, seine Stimme klang rau und heiser. Er sei krank, hiess es. Seine Beine waren nicht mehr imstande, sein Gewicht zu tragen. Wenn er gezwungen war, das Haus zu verlassen, brachten die Nachbarn sein Maultier und liessen es an der Schwelle des Hauses anhalten. Dann kam der Hagg heraus, auf die Schultern von zwei Männern gestützt, die ihm auch aufsitzen halfen, wobei beide Beine auf einer Seite herabbaumelten. Einmal kam Saghlûl zufällig die Marktstrasse entlang und sah ein paar Schritte entfernt das Maultier. Er blieb stehen und liess es vorübergehen. Damals kannte er Hagg Abdalrahîm noch nicht, nicht einmal seinen Namen. Er bemerkte, dass der Mann schräg auf dem Tier sass und jeden Augenblick herabfallen konnte. Er stoppte ganz ruhig das Maultier, wandte sich an Hagg Abdalrahîm, der sich krampfhaft entsetzt an den Sattel klammerte.

Stützt Euch auf meine Schulter, und hebt Euer linkes Bein auf die andere Seite, forderte Saghlûl ihn auf.

Der Hagg richtete sich fest auf dem Rücken des Maultiers ein und seufzte erleichtert auf. Als Saghlûl weitergehen wollte, hielt der Hagg ihn zurück und erkundigte sich nach seinem Namen und seiner Tätigkeit.

Tätigkeit? Dies und jenes. Was so anfällt.

Der Hagg musterte ihn von oben bis unten.

Willst du bei mir arbeiten?, fragte er.

Was denn?

Dies und das.

Was dies und das?

Du hilfst mir beim Aufsteigen und beim Absitzen.

Er suche jemanden mit seiner Statur, stark genug, ihn zu stützen. Zu grosse Männer würden ihn ermüden, wenn er sich auf sie stütze. Alle Nachbarn seien unbrauchbar. Und manchmal finde er niemanden, wenn er jemanden brauche. Ausserdem benötige er einen Begleiter, wenn er ausgehe.

Und so kam es.

Am frühen Morgen zerrte Saghlûl das Maultier zum Kanal. Er wusch und fütterte es, klopfte den Sattel und machte das Tier für den Ausritt bereit. Dann setzte er sich in den Hof, unweit von Hagg Abdalrahîms Zimmer, und wartete.

Der Hagg ritt nicht jeden Tag aus, doch er brauchte Saghlûl auch, wenn er aus dem Bett klettern oder auf die Toilette gehen wollte. Saghlûl begleitete ihn dorthin und rief dann seine Frau, damit sie ihrem Mann bei der Spülung half.

Das Zimmer der Frau lag am Ende des Hofs. Saghlûl musste mehrfach klatschen, bevor sie reagierte. Bei ihr wohnte eine alte Verwandte mit einer losen Zunge, die immer, wenn sie ihn sah, bemerkte: Du bist ja kaum von der Erde abgesetzt, mein Junge.

Seit ihrer Rückkehr ins Dorf hätten Hagg Abdalrahîm und seine Frau getrennte Zimmer. Das Bett sei zu klein für sie beide, und die Frau könne wegen seiner Schnarcherei nicht schlafen, erklärte sie ihm. Sie habe ihr gesagt, wenn das Bett nicht gross genug sei, um nebeneinanderzuschlafen, solle sie doch auf ihm schlafen.

Sie lachte und stiess Saghlûl gegen die Brust.

Sie war es, die ihm etwas zu essen brachte, auch Tee. Sie setzte sich zu ihm auf den Hof, bis er fertig war. Wäre ihr Mund nicht pausenlos in Bewegung gewesen, hätte ihn das nicht gestört. Wenn sie ihn aufmachte, sah man vom Tabakkauen gelbe und abgenutzte Zähne. Darum vermied er es, sie anzuschauen, wenn er ass.

Ein paar Tage später fragte ihn der Hagg, ob er nicht hier bei ihm einziehen könne; er brauche jemanden, der ihm aufs Klosett helfe.

Und so kam es.

Er bereitete sich in Hagg Abdalrahîms Zimmer ein Lager. Das laute Schnarchen und Schnaufen hinderte ihn nicht am Schlafen. In der Nacht weckte der Hagg ihn und schleppte sich, auf seine Schulter gestützt, langsam zum Klo. Dann ging Saghlûl zurück in den Hof und klatschte nahe der Tür von Hagg Abdalrahîms Frau in die Hände. Er klatschte und klatschte, doch niemand reagierte.

Sie wird dir nicht antworten, rief ihm der Hagg zu. Saghlûl klatschte weiter und weiter in die Hände. Schliesslich begann er zu rufen: Hallo, Hagga! Hallo, Hagga!

Plötzlich rief die alte Frau zurück: He, du Winzling, warum gehst du nicht rein mit ihm? Mann zu Mann, was soll's?

Er hatte noch nie seine Frau zu ihm ins Klo gehen sehen. Immer war es die alte Frau, die dem Ruf folgte. Und seit dieser Nacht ging auch sie nicht mehr.

Nachdem Saghlûl eine Woche an seiner neuen Arbeitsstelle war, fragte ihn der Hagg, ob er zufrieden sei.

Bei Gott, ja.

Auch er sei froh über ihn, erklärte der Hagg und fügte nach kurzem Schweigen hinzu: Eine ganze Woche hast du deine Kinder nicht gesehen. Hier, nimm das.

Er gab ihm eine Handvoll Kleingeld, das er, ohne es zu zählen, aus der Tasche geholt hatte.

Kauf ihnen was. Geh, und komm am Abend zurück. Ich habe was zu erledigen.

Dann zeigte er zur Tür.

Nimm mit, was vom Essen übrig ist. Ich hab ihr's schon gesagt.

Er meinte die alte Frau. Sie stand auf dem Hof, ein Paket mit Essbarem in der Hand.

Guten Appetit! Und wenn du zurück bist, erzähl mir, was du mit den Kindern gemacht hast.

Sie entfernte sich lachend.

Zuhause war die Freude gross. Die Familie versammelte sich um das Paket mit dem Essen. Als Sakîna die Fleischstücke sah, rief sie den Jungen zu, sie sollten die Tür schliessen.

Reis und Bamia, ausserdem Baklavastücke, die Sakîna für nach dem Essen beiseitestellte.

Sie schaute auf Saghlûl, der behauptete, dort schon gegessen zu haben.

Und so isst du jeden Tag?, fragte ihn sein Jüngerer mit vollem Mund.

Saghlûl stand auf und ging ins Zimmer. Sakîna blickte ihm nach. Aus seinem Verhalten versuchte sie zu schliessen, ob er sie wolle. Nichts deutete darauf hin. Also wandte sie sich wieder dem Essen zu.

Er gab ihr das Geld. Sie sassen auf der Bank, er hatte ein Glas Tee neben sich.

Wie sie zu Zucker und Tee gekommen sei, wollte er wissen, wo er ihr doch noch kein Geld geschickt habe.

Sie habe noch eine kleine Rücklage gehabt, genug für ein Glas Tee.

Sie zählte das Geld und flüsterte, vor Freude ausser sich: Das ist viel, Saghlûl! Das ist wirklich viel!

Der Hagg ist ein guter Mann.

Und er erinnerte sich, dass seine Buben ihn schon mehrmals gefragt hatten, wie das Harîssagebäck schmecke, das sie beim Süsswarenhändler sahen.

Sie solle ihnen ein wenig Geld geben, um sich etwas davon zu kaufen.

Die Buben sprangen jubelnd auf, und sie rief ihnen hinterher: Für mich auch.

Die beiden rannten los. Sakîna meinte, er habe die Buben loswerden wollen, und schaute auf den Tee neben ihm. Das Glas war noch voll.

Trink doch deinen Tee, Saghlûl, sagte sie und bemühte sich, freundlich zu klingen.

Lass mich. Ich muss nachdenken.

Immer noch nachdenken, sagte sie wieder in normalem Tonfall. Die Studenten sind weg. Und das mit dem Scheich war ja wohl genug.

Sei still, Frau.

Gut, dann bin ich eben still.

Sie zog ihre Gallabija fest um die Beine, drehte sich um und schaute die Gasse entlang.

Saghlûl dachte darüber nach, was Hagg Abdalrahîm

ihm in der vergangenen Nacht erzählt hatte. Er lag auf seinem Bett auf der Seite und schaute zu ihm auf sein Lager hinunter. Dann erkundigte er sich nach den Buben. Ob sie zur Schule gingen, wollte er wissen.

Welche Schule, Herr? Wir und Schule?

Das Licht der Lampe, die an der Wand hing, war matt. Schatten tanzten da und dort.

Er habe zwei Söhne, die in Alexandria lebten und arbeiteten, erzählte der Hagg mit geschlossenen Augen. Sie mögen hier weder den Ort noch die Leute. Seit seiner Rückkehr habe er sie nicht mehr gesehen. Als er vor Jahren ins Ausland gereist sei, habe er sie bei Verwandten in Alexandria zurückgelassen, damit sie dort in die Schule gehen könnten. Wenn er sie während der Ferien sah, habe er gespürt, dass sie sich immer weiter von ihm entfernten. Auch ihre Briefe seien immer seltener geworden. Erst vergingen Wochen, dann Monate. Schliesslich kamen gar keine mehr. Als er vor einigen Jahren krank wurde, habe das offensichtlich die beiden Söhne nicht gross berührt. Alle Kinder seien so, wenn sie heranwüchsen, murmelte er zu sich selbst. Dann hätten sie andere Interessen und schöben ihre Beziehungen zu ihren Vätern in den Hintergrund.

So ist halt die Welt.

Seine Söhne kamen ihn im Ausland besuchen, blieben aber nie lange. Jeden Tag gingen sie einkaufen. Kleider und allerlei Geräte für ihre Verwandten in Alexandria. Jeder hatte eine Liste mit Massen und Marken dabei, und sie fragten ihn nach Läden und Orten, wo man das Gesuchte finden könne. Er wusste, dass es da zwei Mädchen aus der Verwandtschaft seiner Frau gab, die als Ehefrauen für sie vorgesehen waren. Er hatte diese Mädchen nie gesehen, und niemand aus der Verwandtschaft hatte je mit ihm darüber gesprochen. Er hätte nichts dagegen eingewendet, wenn die Söhne ihm ihre Absichten mitgeteilt hätten. Und noch immer wünschte er sich sehnlichst eine Zuneigung, die von ihnen ausginge, ohne dass er sie ihnen abverlangte. Dann reisten sie wieder ab und besuchten ihn nie wieder. Nur wenn sie Geld wollten, schrieben sie, und er schickte ihnen das Gewünschte. Auch noch nach seiner Rückkehr und obwohl die beiden inzwischen längst selbst berufstätig waren. Ihr Gehalt reiche nicht, sagten sie. Dann erfuhr er, dass sie zu heiraten gedachten. Doch niemand sagte ihm etwas Genaues, und er in seinem Zustand könnte auch niemals zum Hochzeitsfest gehen. Warum feierten sie es nicht hier? Natürlich äusserte er seine Gefühle nicht, auch nicht, dass er sie brauchte. Fürs Haus und für die Angelegenheiten hier. Manchmal plagte ihn der Gedanke, sie würden einmal alles verkaufen, was sie von ihm erbten. Einmal hatten sie ihm erklärt, die Zeiten seien eben andere geworden. Land sei nicht mehr, was es einmal war. Handel sei viel wichtiger. Ein erfolgreicher Geschäftsabschluss könne mehr einbringen als fünfzig Feddân. Was für Geschäfte das denn seien? Er verstand ihre Ausführungen nicht. Und er fragte sich, was seine Söhne so gemacht hatte. War es die Erziehung? Aber wir haben doch auch einmal eine Erziehung genossen und sind nicht so geworden wie sie. War unsere Erziehung etwa anders als ihre? Hat sich die Zeit wirklich, wie sie behaupten, geändert und alles andere mit ihr? Ich weiss nicht.

Dann schwieg er. Seine Augen waren geschlossen. Sein Atem ging regelmässig, unterbrochen nur von ruhigem Rasseln.

Saghlûl, der auf seinem Lager zusammengerollt gewesen war, setzte sich auf. Es war ihm unwohl, die Geheimnisse dieses Mannes anhören zu müssen, aber er wusste nicht, was tun. Warum erzählte er ihm das? Er hatte doch seine Freunde. Warum erzählte er das? Vielleicht war es die Krankheit. Er fand nichts Tröstliches, was er ihm hätte sagen können, und wusste nicht, ob er weiterschlafen oder sitzenbleiben sollte.

Und ihre Mutter. Die Stimme Hagg Abdalrahîms im Dunkeln war leise.

Dann schwieg er wieder. Saghlûl wurde noch unsicherer. Würde er jetzt auch von ihr erzählen?

Das Schweigen wurde lang. Saghlûl dachte, er habe es sich vielleicht nochmals überlegt und werde nicht mehr weitererzählen; vielleicht sei er aber auch müde geworden und eingeschlafen. Doch plötzlich redete der Hagg.

Vor langen Jahren habe er sie geheiratet, erzählte er. Und er sei sehr zufrieden mit ihr gewesen. Es habe da einen Verwandten von ihr gegeben, der sie gern geheiratet hätte. Ach, das waren Zeiten. Sie hatte ihm den Vorzug gegeben. Er besass Land, eine Käserei, eine Bienenzucht und eine Anstellung als Assistent des Landwirtschaftsamts. Ihr Verwandter dagegen war nichts als ein Grundschullehrer, dem lediglich das Haus gehörte, in dem er wohnte. Doch besass er etwas, was das aufwog: Er war ein Geck. Er kämmte seine Haare zur Seite und trug ein freundliches Lachen auf dem Gesicht. Ach ja, die Mädchen, diejenigen, die in die Schule gingen und die Schulpflicht erfüllten. Auf dem Nachhauseweg kauften sie sich eines dieser Hefte mit Bildern von Sängern und Filmstars und setzten sich damit auf einen Stuhl vor dem Haus, nicht auf die Bank zu ihren Eltern, die nicht lesen und schreiben konnten, die aber stolz waren auf ihre Tochter mit der Zeitschrift in der Hand. Die Mutter überantwortete ihr zwei Hühner, für die sie sorgen musste und deren Eier sie verkaufen durfte. Das war ihr Taschengeld – er lachte heiser –, und von diesem Taschengeld kaufte sie sich blaue oder rote Samtpantöffelchen und dazu passende Haarbänder – er lachte nochmals. Vielleicht hast du Mädchen dieser Art bei deinen Wanderungen durch die Gassen gesehen. Sie sitzen da und warten auf einen passenden anständigen Jungen, der ihr Leben verändert. Alle waren sie damals bis über beide Ohren in den Lehrer verknallt. Wenn eine ihn kommen sah, setzte sie sich ganz artig hin, öffnete die Zeitschrift und vertiefte sich mit einem feinen Lächeln auf dem Gesicht in die Lektüre und tat so, als hätte sie ihn nicht gesehen. Lange hielt sie das jedoch nicht aus und warf dann einen verstohlenen Blick auf ihn. Dieser sollte rasch sein, damit er ihn nicht bemerkte. Doch blieben ihre Augen an seinem attraktiven Gesicht hängen, bis er sich entfernt hatte. All das habe ihm seine Frau vor vielen Jahren erzählt. Ihr hatte er auch gefallen. Das habe sie ihm zwar nicht erzählt, aber er habe es gespürt. Einmal zeigte sie ihm ein Papierchen. Ja, sie war dabei, eine Schublade in ihrem Schrank aufzuräumen, und neben ihr lag, offen, ein Täschchen, in dem sie Kleinigkeiten aufbewahrte: Bilder, Silberkettchen, Schlüssel. Er arbeitete damals im Ausland. Er hörte sie lachen. Das entfaltete Blatt hielt sie in der Hand. Es war ein altes Stück Papier in verblichenem Rosa. Es war wohl zehnfach gefaltet gewesen.

Willst du mal was sehen?, fragte sie ihn.

Was?

Etwas aus der guten alten Zeit.

Fünf Zeilen. Er erinnerte sich an ein paar Worte wie: meine Inspiration, dein Bild verlässt mich nie. Dazu die Unterschrift ihres Verwandten, des Lehrers.

Ein Brief?, fragte er.

Von wegen Brief. Sie lachte. Ein Papierchen, das er mir in die Hand drückte, als er eines Abends unser Haus verliess.

Bevor du mich kennenlerntest?

Ja, etwa zwei oder drei Monate vorher. Schau nur, die hübschen Worte.

Warum sie es aufgehoben habe, habe er wissen wollen.

Jede Frau würde irgendwo solche Dinge aufheben, erklärte sie.

Das klang einleuchtend. Er gab ihr das Papierchen zurück. Sie faltete es, wie es gewesen war, und schob es in ein Fach der Tasche. Danach räumte sie nicht weiter auf. Sie raffte alles zusammen, warf es in die Schublade und verschloss diese.

Was ihn jetzt daran denken liess? Manchmal fielen ihm längst vergangene und fast vergessene Ereignisse ein.

Seit ihrer Rückkehr hatte er sie nur ein einziges Mal gesehen, und da nur flüchtig. Sie habe ihn, an die Wand gestützt, auf den Hof herauskommen sehen und sei hastig in ihrem Zimmer verschwunden. Warum floh sie vor ihm? Er verstand das nicht. Er stellte aber auch keine Fragen. Sie ging ihre Verwandten besuchen, ohne ihn darüber zu informieren. Bitte sehr! Die alte Frau begleite sie, und die beiden verbrächten den Abend dort, obwohl sie nie eine grosse Zuneigung zu ihnen gehabt habe. Und die Alte? Ich weiss nicht einmal, wo sie die unter all ihren Verwandten aufgestöbert hat. Sie sind unzertrennlich geworden. Sie essen gemeinsam. Sie gehen gemeinsam aus. Sie schlafen im selben Zimmer. Ich weiss nicht, wie sie sie erträgt. Und die Alte versucht mich an Tage zu erinnern, die ich vergessen habe.

Sie behauptet, ich hätte in ihrem Haus mit ihrem Verwandten, dem Lehrer, gespielt, damals, als wir noch klein waren. Wir hätten einen Zug gebildet und wären, das Pfeifen eines solchen nachahmend, von Zimmer zu Zimmer gezogen. Das hat sie erzählt und noch allerhand Geschichten aus meiner Lausbubenzeit erwähnt, an die ich mich nicht erinnere. Manchmal, wenn ich hilflos zwischen den Klowänden herumtappe, weiss ich nicht, was ich von dem Ausdruck von Genugtuung halten soll, den ich auf ihrem Gesicht zu sehen glaube. Denn im letzten Augenblick hält sie mich immer fest. Dann frage ich mich, ob ich Wahnvorstellungen aufsitze. Sie hat keinerlei Ursache, über mich verärgert zu sein. Ich erinnere mich nicht, sie je zuvor gesehen zu haben.

Wenn er aufs Klo müsse, schicke seine Frau die Alte, um ihm bei der Spülung zu helfen. Es befriedige sie, dass er nackt vor der Alten stehe, die mit ihrer Hand zwischen seine Beine und nach seinem Gesäss greife. Aber in seiner Situation müsse man annehmen, was komme. Da sei alles gleich. Ob ihn nun die alte Frau reinige oder sonst wer, sei ihm egal. Ihn störe nur ihr Mundgeruch, und er befürchte, sie könne das spüren. Sogar beim Essen gebe es niemanden, der ihn frage, was er gern hätte. Und so esse er, was auf dem Tablett gebracht werde, und wenn es etwas gebe, das ihm nicht zusage, lasse er es einfach stehen. Nur wenn er wirklich hungrig sei, esse er widerwillig auch davon, um seinen Hunger zu stillen.

Er schwieg. Einige Zeit verging. Als dann sein Schnarchen zu hören war, streckte sich Saghlûl aus und drehte sich zur Wand.

Eines Tages nach dem Ruf zum Abendgebet erklärte Hagg Abdalrahîm, er wolle ein wenig mit seinen Freunden im Café plaudern. Er sass auf dem Bettrand, liess die Füsse baumeln und wies auf den Schrank, damit ihm Saghlûl etwas zum Anziehen hole. Saghlûl brachte ihm eine Gallabija und frische Wäsche, wie verlangt. Er half ihm, seine Gallabija auszuziehen, und reichte ihm die saubere Wäsche, dann wandte er ihm den Rücken zu und wartete. Doch der Hagg bat um Hilfe. Er könne sich nicht weit genug bücken, um die Unterhose auszuziehen. Saghlûl drehte sich um und zog ihm die Unterhose über die Füsse. Dabei beugte er sich nach vorn, was dem Hagg erlaubte, sich, als er sein Standbein wechselte, auf seinen Rücken zu stützen.

Sie verliessen das Zimmer, der Hagg mit einer Hand auf Saghlûls Schulter, mit der anderen gegen die Mauer gestützt.

Das Maultier stand vor der Tür, deren Schwelle ein wenig erhöht war, was das Aufsitzen erleichterte. Der Hagg wandte seinen Rücken dem Tier zu und stützte sich auf Saghlûl, der sich ein wenig vorgebeugt hatte, die Hand auf dem Nacken des Maultiers, um es ruhig zu halten. Dann richtete sich Saghlûl langsam auf, und der Hagg rutschte gleichzeitig mit seinem Rücken nach oben, bis er schliesslich fest auf dem Sattel sass.

Das Café, das Ziel der Unternehmung, lag am Fluss. Die Stühle waren entlang dem Ufer verstreut. Als der Inhaber Hagg Abdalrahîm kommen sah, brachte er eine Bank und stellte sie zwischen die Stühle seiner Freunde. Saghlûl zog das Maultier dorthin, half dem Hagg beim Absteigen und beim Hinsetzen, dann führte er das Tier zwischen den Stühlen zur Böschung, wo er es weiden liess. Er selbst setzte sich auf einen Stein.

Die abendliche Runde dauerte nicht lange. Bei der Rückkehr schwieg der Hagg, bis er in sein Bett gelangt war. Dann seufzte er tief auf.

Ach, ich bin müde. Keine grossartige Runde.

Es sei das erste Mal seit seiner Rückkehr gewesen, dass er mit alten Freunden zusammengesessen habe, erklärte er, und wie du siehst, habe ich es nicht gut vertragen. Es wäre gut gewesen, ich wäre der Einladung nicht gefolgt oder zumindest noch nicht. Sie haben sich nicht verändert. Er sei lange fort gewesen und jetzt zurückgekommen. Bei ihren Gesprächen gebe es nichts Neues. Sogar all das böse Gerede, das sie schon früher betrieben, hätten sie wieder aufgebracht und wie schon früher unzählige Male röhrend darüber gelacht; damals habe auch er sich an ihrem Gelächter und ihrem Gelärme beteiligt.

Ob er sie lachen gehört habe, wollte er wissen.

Ja, er habe es gehört, gab Saghlûl zu.

Ein seelenloses Lachen, meinte der Hagg.

Aber eben doch Lachen.

Offenbar ist man nicht mehr so nachsichtig wie früher einmal.

Hagg Abdalrahîm starrte schweigend an eine bestimmte Stelle an der Decke. Dann schlief er ein.

Danach gingen die beiden alle zwei bis drei Tage aus. Der Hagg bevorzugte den frühen Morgen. Sie unternahmen einen weiten Rundgang über die Feldwege und hielten zum Ausruhen bei Baumgruppen oder auf irgendwelchen Feldern inne. Der Hagg locker auf seinem Maultier, Saghlûl neben ihm hockend und die Frösche beobachtend, die auf den Böschungen der Kanäle umherhüpften. Sie sprachen wenig, waren in Gedanken versunken und betrachteten die Umgebung.

Eines Tages blieben sie unter einem Maulbeerbaum stehen. Hagg Abdalrahîm lachte freudig.

Maulbeeren! Das letzte Mal habe ich Maulbeeren gegessen, als ich zehn Jahre alt war.

Saghlûl sprang auf, um hinaufzuklettern.

Hier, nimm ein Taschentuch!, rief der Hagg.

Saghlûl griff das Taschentuch und nahm einen neuen Anlauf. Er bewegte sich leicht von Ast zu Ast. Der Hagg betrachtete ihn, übers ganze Gesicht strahlend. Saghlûl brachte das Taschentuch gefüllt herab und hielt es, geöffnet, dem Hagg hin.

Ich ess die eine Hälfte, du die andere, sagte dieser.

Essen Sie alle, ich habe schon viele gegessen.

In Ordnung, ich lass dir einfach ein paar übrig.

Er lachte und schlenkerte heiter mit den Füssen.

Wirf das Taschentuch fort, sagte er, nachdem er fertiggegessen hatte. Wenn meine Alte das sieht, kann ich mich vor ihrer Zunge nicht mehr retten.

Er streckte die Hand aus und versuchte, einen Ast zu berühren. Dabei verlor er das Gleichgewicht und musste sich an Saghlûl festhalten.

Mein Gott, wir sollten wieder hierherkommen. Wir könnten was zu essen mitbringen, ein Tuch ausbreiten und es uns gemütlich machen. Weiss Gott, damit ich wieder auf das Maultier aufsitzen könnte, müsstest du nur ein paar Steine aufeinanderlegen; auf die könnte ich dann steigen und mich am Baum abstützen. Mit Hilfe deiner Schulter wäre ich dann gleich auf dem Maultier.

Eines Tages sagte er zu Saghlûl, er wolle andere Leute sehen.

Also gingen sie aus.

Saghlûl führte das Maultier zur Marktstrasse, wo das übliche Treiben herrschte.

Die Läden sind zahlreich geworden, bemerkte der Hagg. Zu meiner Zeit gab es hier nur eine Schneiderei. Wo ist die hingekommen?

Noch ein paar Häuser weiter.

Ah ja, aber der Schneider ist nicht mehr der gleiche.

Meister Sulaimân ist verstorben. Jetzt ist sein Sohn der Schneider.

Er hat mir erst meine Gallabijas geschneidert, später die Hemden. Kein einziges war wirklich saubere Arbeit. Ich hab gehört, dass seine Augen nicht so toll waren. Jetzt kommt ein Saftstand, dann ein Süsswarenhändler und eine Weissbrotbäckerei. Der Ort ist gewachsen.

Hagg Abdalrahîm, rief es.

Saghlûl erblickte einen Mann, der auf sie zueilte.

Der Hagg schaute ihm entgegen.

Nicht möglich, Atwa, rief er dann, nicht möglich. Ich habe dich genauso erkannt wie du mich.

Atwa warf sich dem Hagg, der auf dem Maultier sass, in die Arme. Dann zog er das Tier in eine Seitengasse.

Das ist mein Laden, Hagg. Setz dich, dann können wir ein wenig plaudern.

Es war ein Obstladen. Auf einer Seite waren die Kisten gestapelt. Ein Junge brachte eine Bank aus dem Laden, die Atwa mit einem Lappen abwischte.

Ich fürchte, Atwa, sagte der Hagg, ich werde nicht wieder aufsteigen können. Du hast nicht irgendwo eine hohe Schwelle?

Ich werde dich mit eigener Hand hinaufheben.

Er half ihm absteigen und auf der Bank Platz nehmen.

Weiss Gott, Hagg, das ist lange her. Ich wollte dich immer wiedersehen. Ich sag dir ... aber jetzt erst mal eine Mango, ich verkaufe sie nicht an die Kunden, sie sind nur für Freunde.

Er eilte ins Ladeninnere und wusch eine Mango, die er aus einer Obstkiste geholt hatte, die in einer Ecke unter ein paar leeren verborgen stand.

He, los, rief er dem Jungen zu, geh im Laden nebenan eine Serviette kaufen!

Aber ich hab ein Taschentuch, wandte der Hagg ein.

Das wird aber eine Serviette sein, Hagg, und eine neue obendrein.

Er zog einen niedrigen Schemel heran und setzte sich vor Hagg Abdalrahîm.

Ich will dir die Wahrheit sagen. Jedes Mal, wenn ich daran dachte, dich zu besuchen, sagte ich mir, dass es Jahre her ist. Wird er sich an dich erinnern? Ihr habt verschiedene Leben gelebt. Es wäre sehr hart gewesen, Hagg, wenn du mich nicht wiedererkannt hättest, nach all den schönen Jahren, die wir miteinander gehabt haben.

Er verscheuchte ein paar Fliegen, die Hagg Abdalrahîm umschwärmten.

Ach ja, die gute alte Zeit, ich werd sie nie vergessen. Manchmal denke ich an Dinge, die wir zusammen getan haben. Dann muss ich lachen, und es kommt mir komisch vor, wie wir so was tun konnten. Die frechsten Knaben im Ort. Du hast alles geplant, und ausgeführt haben wir's gemeinsam. Weisst du noch, wie wir im Garten von deinem seligen Vater Raubzüge unternahmen? Da waren diese Mangobäume. Du hast Mangos schon immer gemocht. Doch der Wächter hat den Mund nicht halten können, und dein Vater hat es erfahren und dich fürchterlich versohlt. Ich hab dich schreien gehört und hab mich versteckt. Nicht in unserem und auch in keinem anderen Haus, sondern in der Moschee. Zwei Tage lang hat mich niemand gesehen. Und der Wächter, der uns beide verpfiffen hat, der hat bis zu seinem Tod nicht erfahren, von wo der Stein kam, der ihm ein Loch in den Kopf geschlagen hat. Er hat uns zusammen gesehen und uns angegafft. Vielleicht hat er geahnt, dass das unser Werk war. Dir hat der Stein ja noch nicht einmal genügt. Du wolltest ihm eine Schlange auf den Rücken schieben durch den Kragen von seiner Gallabija, während er im Garten schlief. Es hat mich ziemliche Mühe gekostet, dich davon abzubringen. Du warst immer ganz wild darauf, Schlangen zu jagen. Du hast sie hinterm Kopf gepackt und hinter dem Rücken versteckt. Dann bist du ein wenig bei irgendwelchen Leuten stehen geblieben, und plötzlich hast du deine Hand mit der Schlange ausgestreckt, und die Leute sind laut kreischend weggerannt – sogar die Männer.

Atwa erzählte und erzählte, und Hagg Abdalrahîm versank in Gelächter. Er hielt die Brust und japste: Genug, Atwa, meine Brust!

Gut, Hagg, ich höre auf. Und gute Besserung.

Er schwieg eine Weile, dann sagte er: Nur noch diesen einen, dann ist's genug. Erinnerst du dich an Nabawîja und ihren Liebhaber? Er hiess ... Ja, wie hiess er denn bloss? Ich hab seinen Namen vergessen.

Der Hagg half ihm. Mansûr.

Richtig, Mansûr. Du erinnerst dich also an ihn, diesen Hundesohn. Während ihr Mann auf dem Feld Klee schnitt, hat Mansûr unter der Sykomore bei dem alten Wasserrad gewartet. Nabawîja sass am Feldrand und hat mal zu ihm, mal zu der Sykomore hinübergeschaut. Dann ist sie aufgestanden, hat ihrem Mann irgendetwas gesagt und ist zur Sykomore gegangen. Und unser Freund Mansûr sass da und spielte mit seinem Dingsda, um parat zu sein. Wir hockten auf dem Baum. Wir haben sie schon einmal von fern beobachtet gehabt und wussten, um was es geht. Wir waren zwischen den Ästen versteckt. Als sie kam, zog sie, ohne ein Wort zu sagen, ihre Unterhose aus und warf sie zur Seite. Dann hat sie sich auf einen Strohhaufen gelegt und die Beine breit gemacht. Unser Freund hat seine Gallabija hochgerollt, seine Unterhose runtergelassen und sich über sie gekniet. Du hast deinen Kopf vorgestreckt und wolltest eine Sykomore auf sie werfen, aber ich hab deine Hand zurückgehalten. Ich weiss nicht, ob wegen dem Geräusch vom Ast oder von den Bäumen – jedenfalls hat sie ihre Augen aufgemacht und uns da oben gesehen. Wir haben einander direkt in die Augen geschaut. Erst nach Ewigkeiten sind ihre Lebensgeister zurückgekehrt, und sie schrie auf. Mansûr hopste weg von ihr und machte sich Hals über Kopf davon, die Unterhose um die Beine, unfähig, sie hochzuziehen, und immer wieder ist er beim Laufen darübergestolpert. Nabawîja ist auf dem Rücken vom Strohhaufen gerutscht und hinter ihm hergerannt. Das war ein Tag! Wir kletterten vom Baum und gingen zu ihrem Mann auf dem Kleefeld, und du hast grüss Gott! gesagt. Der Mann hat aufgeschaut und den Gruss erwidert, während du ihm die Unterhose ins Gesicht warfst. Dann sind wir weggelaufen. Immer wenn ich an dein grüss Gott! denke, sterb ich fast vor Lachen. Was sie ihm wohl erzählt hat? Das weiss Gott allein. Jedenfalls ist ihr nichts passiert. Soweit ich weiss, hat sie keine weiteren Kinder gehabt. Sie hat schon zwei Buben gehabt, das reichte.

Der Hagg japste vor Lachen. Er wischte sich die Tränen aus den Augen und machte Atwa ein Zeichen aufzuhören.

Und Atwa hörte auf.

Nachdem sich Hagg Abdalrahîms Brust etwas beruhigt hatte, gingen sie. Atwa nahm ihn auf, unterstützt von Saghlûl, und gemeinsam setzten sie ihn auf den Rücken des Maultiers.

Der Hagg liess sich seufzend auf sein Bett sinken.

Bring mir etwas zu trinken, Saghlûl, bat er.

Er trank, streckte sich aus und starrte wie üblich an eine bestimmte Stelle der Zimmerdecke.

Was für angenehme Tage, Saghlûl. Jetzt und so sterben, das wäre nicht so schlimm.

Und so kam es.

Am folgenden Tag starb Hagg Abdalrahîm. Er hatte Saghlûl in die Käserei geschickt, um etwas zu besorgen. Als Saghlûl zurückkam, drängten sich die Nachbarn im Hof. In einer Ecke kauerte Atwa, schluchzend, den Kopf zwischen den Händen. Als Saghlûl zum Zimmer des Hagg gehen wollte, fasste ihn eine Hand am Arm. Es war die Alte.

Wo willst du hin?, flüsterte sie.

Ihn anschauen.

Schau du für dich, und bleib gesund! Komm.

Sie zog ihn zur Tür und klopfte ihm freundlich auf den Rücken.

Leb wohl.

# Die Frau

Sakîna sitzt auf ihrem Platz auf der Bank. Sie wartet ungeduldig auf den Tagesanbruch. Die Sonne ist schon aufgegangen, aber die Menschen schlafen noch. Kein einziger Schritt ist in der Gasse zu hören. Sie kann nicht länger warten. Die Pein des Hungers ist etwas zurückgegangen. Zu Beginn war sie quälend, wie im Fastenmonat. Die ersten Tage sind schwer zu ertragen. Magengrimmen und Schwindelgefühl. Zwei oder drei Tage, dann vergeht der Schmerz. Man gewöhnt sich daran. Die meisten Tage im Ramadan fastet sie ohne die Mahlzeit vor Tagesanbruch. Was ihr Sorge macht, ist der ältere Bub. Beim jüngeren weiss sie auf den ersten Blick, wie er leidet, auch ohne ihn anzuschauen. Je mehr der Hunger an ihm nagt, desto fester klammert er sich an sie. Wenn sie sich bewegt, klebt er förmlich an ihr. Und wenn er sie sitzen sieht, kreist er um sie und legt sich dann hin, den Kopf auf ihrem Bein. Der ältere ist ihr ein Rätsel geworden. Seit Monaten verändert sich sein Gesicht dauernd. Einen Tag ist es welk und farblos, am nächsten kehren Farbe und Vitalität zurück. Er kommt nicht mehr wie früher zu ihr, um um sie herumzustreichen, wenn der Hunger besonders quälend wird. Er hockt einfach geistesabwesend da, und sie muss zwei- oder dreimal rufen, bis er reagiert. Manchmal, wenn er so in Gedanken versunken dasitzt, läuft ihm der Speichel aus dem Mundwinkel. Vielleicht hat er Würmer, denkt sie. In diesem Fall könnte er den Hunger nicht lange aushalten. Wenn nämlich die Würmer nichts zu fressen finden, machen sie sich über die Eingeweide her. Saghlûl lebt in einer anderen Welt. Mit ihm zu reden bringt gar nichts. Er sitzt auf der anderen Seite der Bank. Er hat aufgehört, zwischen den Zähnen zu stochern, und saugt jetzt an dem Strohhalm.

Sie hört eine Tür quietschen. Sie kennt das Geräusch und weiss, woher es stammt. Das grosse Haus. So früh am Morgen tauchen die beiden Mädchen auf, die alt genug sind, um dort zu arbeiten. Sie kennt sie nicht. Sie wohnen auf der anderen Seite des Ortes. Sie sieht sie manchmal hineingehen oder hört ihr Gelächter, wenn sie das Tor schliessen.

Das grosse Haus ist nicht weit weg. Vielleicht dreissig Schritte. Es ist umgeben von einem weiten, freien Platz, der das Vorrücken der kleinen Häuser verhindert. Als ob es da eine unsichtbare Linie gäbe, die zu überschreiten nicht gestattet ist, freiwillig oder gezwungen, niemand weiss es. Hagg Hâschim, der Besitzer des grossen Hauses, sei, so heisst es, der Eigentümer des freien Terrains. Als er das Grundstück für das Haus gekauft habe, habe er auch den Platz davor erworben. Das Ganze sei ein einziges Grundstück gewesen, in dessen Mitte er das Haus gebaut habe. Von Zeit zu Zeit kommt jemand, der das Terrain reinigt und mit Wasser besprengt.

Die Eigentümer der kleinen Häuser sind stolz auf diese Nähe. In den vordersten Reihen drängen sie sich und lassen fast keinen Zwischenraum zwischen den Häusern, bloss schmale Durchgänge, die gerade mal ein Esel passieren kann, wenn der Reiter die Beine hochzieht. Sie geniessen den freien Platz und die frische Brise, die selbst im heissesten Sommer von dort ihren Ausgang nimmt. Ausserdem erlaubt ihnen ihre privilegierte Lage, die Besucher des grossen

Hauses zu beobachten, die aus der Stadt kommen. Manchmal sind es Autos, manchmal Pferdewagen, wenn die Gäste aus der näheren Umgebung stammen. Die Frauen tragen kurze Röcke und Schuhe mit Absätzen; und sie haben kein Tuch auf dem Kopf. Wenn ein kräftiger Windstoss kommt, kann es schon mal passieren, dass ihr Haar hochfliegt und ihre Röcke sich aufblähen, wodurch ihre Schenkel entblösst werden. Dann kreischen sie auf und versuchen, ihre Kleider festzuhalten.

Sakînas Haus liegt weiter zurück. Sie hat sich aber ihren Sitzplatz auf der Bank so gewählt, dass sie durch einen Zwischenraum in den vorderen Häuserreihen gerade hindurchschauen kann und die Vorderseite des grossen Hauses sieht, einschliesslich des Tors, und damit alle, die kommen und gehen.

Das Haus ist rosarot, eine Farbe, die Sakîna mehr als alle anderen mag und in der sie gern eine Unterhose gehabt hätte. Wenn sie je ein paar Groschen besässe, denkt sie, würde sie sich ein Stück Stoff kaufen und sich eine schneidern.

Sakîna hat das Haus schon gesehen, als es noch einstöckig war, rechts und links je eine Reihe hoher Eukalyptusbäume, die sich später auf dem leeren Terrain dahinter verdichteten. Inzwischen hat das Haus zwei Geschosse, wobei der Aufbau des zweiten recht rasch erfolgte. Nach der Fertigstellung sah es eindrucksvoll aus. Die rosarote Farbe, die sie so mochte, leuchtete in dem leeren Raum, ohne dass etwas ihren Blick darauf behinderte. Besonders zur Zeit des Sonnenuntergangs schaut sie das Haus gern an, wenn die Schatten der Eukalyptusbäume sich darauf bewegen.

Nachdem es fertig ausgebaut war, erwartete sie, Gesichter auf dem grossen Balkon oder an den weiten grünen Fenstern zu sehen. Doch sie sah niemanden. Tage vergingen und Monate, ohne dass jemand erschien. Der Oberstock blieb leer. Offenbar war man ganz daran gewöhnt, im Erdgeschoss zu leben. Sogar die beiden Mädchen und der Junge, für deren Ferienaufenthalt man den zweiten Stock hinzugefügt hatte, blieben lieber in den Zimmern, die sie seit ihrer Kindheit kannten.

Was Sakîna von dem Haus weiss, hat sie vom Hörensagen: ein grosser, glattgestampfter Hof mit fünf Zimmern, auf beide Seiten verteilt; der Vorratsraum; ein Zimmer für den Jungen, der kein Junge mehr ist, sondern als Ingenieur arbeitet und, verheiratet, in einer etwa zweihundert Kilometer entfernten Stadt lebt; ein Zimmer für jedes der beiden Mädchen, auch sie verheiratet, die eine Ärztin, die andere Oberschullehrerin, und beide wohnen in verschiedenen Städten; das fünfte Zimmer gehört der betagten Dame. Vom Hof führt ein schmaler Durchgang in einen grossen Salon zum Empfang von Gästen, dessen Boden mit farbigen Platten ausgelegt ist und an den sich hinten das Zimmer des Hagg anschliesst.

Alle Frauen, die das Haus schon einmal betraten, erzählen von dem, was sie dort gesehen haben: Mobiliar, Stühle, Schränke und Messingbetten. Von den Bewohnern erzählen sie nichts. So die Eierverkäuferin und die Stoffhändlerin, die der alten Dame besondere Wünsche erfüllte. Auch Umm Châlid, die den Damen der besseren Kreise und den Ehefrauen der Beamten allerlei Dienstleistungen erbrachte, beispielsweise deren Körper von Haaren reinigte, und die vor dem grossen Haus auftauchte, wenn die beiden Töchter des Hagg oder die Ehefrau seines Sohnes zu Besuch weilten.

Sakîna hätte gern einmal das grosse Haus betreten, um mit eigenen Augen zu sehen, wovon sie gehört hatte. Sie ersann tausendundeinen Grund, und jedes Mal wenn sie auf dem Weg von zuhause oder nachhause über den freien Platz an dem verschlossenen Tor vorbeikam, versuchte sie es mit den beiden Mädchen, die dort arbeiteten. Immer wieder versperrte sie ihnen, wenn sie heimgingen, den Weg und begann ein Gespräch mit ihnen. Dann hielten die beiden Mädchen ein wenig inne, schauten sie an und gingen wortlos weiter. Später bogen sie, wenn sie sie auf sich zukommen sahen, in die erstbeste Gasse ein und prusteten vor Lachen.

Alle zwei oder drei Tage kommt eine von ihnen am Vormittag mit einem grossen Bündel unterm Arm heraus. Sakîna kennt das Bündel. Sie hat es schon oft gesehen. Ein Stück Tuch mit allem Möglichen darin. Was die alles wegwerfen! Das Mädchen geht mit dem Bündel zu einem Abfallhaufen jenseits des Platzes, entleert das Tuch und kehrt ins Haus zurück. Dann ruft Sakîna ihren jüngeren Sohn und schickt ihn, kaum ist das Mädchen im Haus verschwunden und das Tor geschlossen, zu dem Abfallhaufen.

Schau nach, was sie heute wieder weggeschmissen haben.

Der Junge geht und kommt mit leeren Fläschchen und Gläsern zurück. Wenn sie eine Anzahl davon zusammenhat, schickt sie ihn damit auf den Markt. Es gibt immer jemanden, der das brauchen kann.

Einmal brachte der Junge vom Abfall ein hübsch geformtes leeres Schminkfläschchen mit. Sakîna hatte noch nie etwas Derartiges gesehen. Sie war unschlüssig, ob sie es verkaufen sollte. Sie selbst brauchte keine Augenschminke. Da kam ihr in den Sinn, sie könnte das Fläschchen ins grosse Haus zurückbringen. Sicher war es versehentlich in den Abfall geraten. Der Gedanke drängte sie. Sie legte sich ihr Tuch um den Kopf. Eines der beiden Mädchen öffnete das Tor, die andere näherte sich langsam. Sakîna reckte den Hals und schaute sprachlos hinein. So viele Dinge da und dort. Mit einem flüchtigen Blick konnte sie gar nicht alles erfassen. Plötzlich merkte sie, dass das Mädchen sie fragte, was sie wünsche.

Sie wolle die alte Dame sprechen, erklärte Sakîna.

Was willst du von ihr?

Ich will mit ihr über etwas sprechen.

Der Kopf des Mädchens neigte sich zur Seite. In ihren Augen erschien ein unsicherer Blick.

Und das wäre?

Sakîna wollte die beiden Mädchen nicht gegen sich einnehmen. Sie öffnete ihre Hand, zeigte das Schminkfläschchen und erklärte: Das lag im Abfall.

Jaja, ich hab es selber weggeworfen. Es ist kaputt.

Du hast es weggeworfen? Und ich dachte, es handelt sich um ein Versehen.

Ihr Blick wanderte wieder in den Hof. Aber das Mädchen liess ihr nicht viel Zeit.

Du bist es also, die immer im Abfall rumwühlt?, fragte sie rüde.

Überhaupt nicht. Ich sehe ihn nicht mal. Nur diesmal war ich gerade dort und hab das Fläschchen gesehen.

Das Tor ging hinter ihr zu. Aber das Mädchen hatte sich verraten. Offensichtlich beauftragt sie jemanden aus ihrer

Familie, durch den Abfall zu gehen. Aber wenn er kommt, findet er nichts Nennenswertes mehr. Sakînas Sohn war immer schon vorher da. Die beiden Mädchen verlassen das Haus mit leeren Händen. Sie wollen nichts bei sich tragen, nicht einmal etwas Zerbrochenes oder Wertloses. Jemand im Haus könnte glauben, sie würden etwas Wertvolles mitgehen lassen. Sakîna dachte lange nach. Wie einfach für die beiden, etwas unter den Abfall zu mischen, das sie gerne hätten. Sie musste ihren Sohn auffordern, zwei- oder dreimal durch den Müllhaufen zu gehen. Vielleicht sollte sie das ja selbst übernehmen. Überzeugt davon, dass das Schminkfläschchen in Ordnung war, füllte sie es zuhause mit Wasser und beobachtete fassungslos, wie dieses durch einen Sprung rann.

Gut, selbst wenn es einen Sprung hat, irgendwie werden wir es flicken.

Sie legte das Fläschchen in eine Ecke des Hofs zu anderen Dingen.

Eines Tages ging sie am grossen Haus vorbei und bemerkte, dass das Tor nicht geschlossen war. Sie schlich sich flugs hinein. Doch drinnen stiess sie zu ihrer Überraschung auf die ältere Tochter, die Lehrerin. Sie erkannte sie aufgrund all dessen, was sie von ihr gehört hatte: gross, sehr dünn, nur Haut und Knochen, keine Brust, nur zwei kleine Limonen, und ein ausgemergeltes Gesicht. Sie trug einen Morgenmantel über der Hausgallabija. Sakîna war verwirrt.

Das Tor war offen, stammelte sie, da dacht ich mir, vielleicht braucht die alte Dame etwas.

Die Tochter schaute fragend die beiden Mädchen an, deren eine, zu den Häusern weisend, erklärte: Sie wohnt da drüben.

Danke, sagte die Tochter.

Sakîna blieb stehen, als falle es ihr schwer, wieder zu gehen, nachdem sie einmal drinnen war. Sie zog ihr Kopftuch zurecht. Die Mädchen schauten sich vielsagend an. Dann drehte sie sich langsam um. Und während sie hinausging, erwartete sie, dass jemand sie zurückrief. Doch sie hörte nichts als das Tor, das hinter ihr ins Schloss fiel.

Immer das Gleiche. Sie machen es zu, murmelte sie.

Doch ihre Versuche haben nicht aufgehört. Sie kreist um das Haus. Wenn nach dem Backen genug Brot in dem Korb aus Palmzweigen liegt und alle satt sind, begibt sie sich dorthin. Sie spaziert ein wenig unter den Eukalyptusbäumen umher und schiebt mit den Füssen das trockene Laub beiseite.

Hier gibt's wohl niemand, der fegt.

Sie blickt zum oberen Stockwerk, zu den geschlossenen Fenstern mit den grünen Rahmen.

Von dort kann man den ganzen Ort sehen. Und dann der frische Wind. Und trotzdem lassen sie's einfach leer.

Sie sammelt heruntergefallene kleine Zweige und wirft sie zur Seite. Dann kehrt sie nachhause zurück.

Eines Tages sah sie das Tor offen stehen. Erst zögerte sie. Die ältere Tochter war abgereist. Sie wurde unschlüssig und ging langsamer. Laute Stimmen von drin. Das Gelächter der beiden Mädchen.

Was da wohl los sein mag?, murmelte sie.

Im Vorbeigehen schaute sie durch das Tor hinein. Was sie sah, liess sie ihr Tuch vom Kopf schieben und ins Haus stürzen.

Lass mich das machen. So brechen die Beine vom Buffet ab, rief sie, schon rennend.

Die beiden Mädchen schoben das schwere Buffet. Sie versuchten, es in eine andere Ecke des Hofs zu bugsieren. Die alte Dame stand daneben, eingewickelt in ihren Morgenmantel, das aschgraue Haar hinten mit einem schwarzen Band zu einem Knoten zusammengehalten. Auf dem hageren Gesicht ein gelber Schimmer.

Beim Hineinstürmen berührte Sakîna mit der Schulter eine Lampe, die, unangezündet, auf einem Tisch stand. Die Lampe schwankte und drohte hinunterzufallen. Gerade noch bekam sie sie zu fassen. Doch das Glas fiel und zerbarst mit lautem Klirren.

Sakîna bückte sich.

Bleiben Sie weg, Madame, nicht näher kommen, rief sie und begann die verstreuten Scherben mit der Hand zu einem Haufen zusammenzuwischen. Die spitzen Stücke verletzten ihre Hand, aus der ein paar Tropfen Blut quollen. Sie schaute flüchtig darauf und fuhr dann fort, die Glassplitter aufzulesen und sie in ihren Schoss zu füllen. Sie hob den Saum ihrer Gallabija und sagte: Einen Augenblick, ich werfe das fort.

Sie ging hinaus und schüttete das Eingesammelte neben die Mauer. Als sie ihre Kleidung abklopfte, hörte sie, wie das Tor geschlossen wurde. Sie wandte sich um und starrte verständnislos vor sich hin.

Haben die nichts anderes zu tun, als das Tor zuzumachen?

Nach diesem Vorfall entwickelte sie eine Abneigung gegen das grosse Haus. Sie ging nicht mehr hin und schaute nicht mehr auf das Tor. Diese Haltung währte über einen Monat. Bis zu dem Tag, da der Vorratsraum geleert wurde.

Sie fegte gerade den Hof, als sie Autos auf den freien Platz fahren hörte.

Saghlûl, rief sie, he, Saghlûl, der Vorratsraum.

Saghlûl kam aus der Stube, wo er gelegen hatte. Er beugte sich über die Bank, um direkt zwischen den Häusern hindurchsehen zu können. Er sah drei Lieferwagen, die hintereinander vor dem Tor des grossen Hauses standen.

Sakîna nahm ihren Platz auf der Bank ein.

Alles die gleichen Autos, bemerkte sie.

Saghlûl ging zurück in den Hof und nahm sich zwei ganze Brotfladen aus dem Korb. Dann hockte er sich auf den Platz, von dem aus er das Haus sehen konnte. Er legte sich die beiden Brote in den Schoss. Sakîna sah sie, aber sie nörgelte nicht wie üblich, eines würde doch reichen und er solle an die Buben denken.

Er wartete, bis ihr Blick nicht mehr auf den Broten lag. Dann nahm er eines davon und brach es sanft, um jegliches Geräusch zu vermeiden. Er fürchtete sich, nach etwas dazu zu fragen, solange die Wirkung seiner Gier – zwei Brote! – noch nicht abgeflaut war.

Es gibt noch ein Stück Essiggurke; du findst es im Fenster, sagte sie von sich aus.

Er sprang auf und hielt das Brot in seiner Gallabija fest. Eine kleine viereckige Öffnung in der Mauer des Hofes, verschlossen durch ein Holztürchen. Saghlûl öffnete es und holte die Essiggurke heraus, die in ein Stück Papier gewickelt war. Er tastete in der Öffnung herum. Manchmal stand ein Teller mit einem Klecks schwarzen Honigs darin, den sie für die beiden Buben aufbewahrte. Seine Hand berührte ein anderes Stück Papier mit einigen Krümeln völlig ausgetrockneten Käses darin, das er sich auch nahm. Ein drittes Stück Papier enthielt ein wenig mit Tee vermischten Zucker. Das legte er zurück. Sie hebt es auf, um ihm ein Glas Tee zu machen, wenn sie nicht wütend ist.

Er nahm seinen Platz neben ihr wieder ein. Es war das sechste Mal, dass sie die Leerung des Vorratsraums beobachteten. Alle vier oder fünf Monate fuhren die drei Lieferwagen vollgeladen zum Sohn und zu den beiden Töchtern, die alle in verschiedenen Städten wohnten. Er kannte vieles von dem, was auf die Wagen geladen wurde. Einmal war er zufällig vorbeigegangen und hatte beim Beladen geholfen.

Sie sahen das erste Auto, dessen drei Seiten man herabgeklappt hatte.

Für welches Kind, glaubst du, ist dieses Auto bestimmt?, fragte Sakîna.

Wir werden ja sehen, was sie zuerst draufladen. Aber es ist sowieso alles das Gleiche.

Nein, der Junge kriegt was anderes. Erinnerst du dich nicht? Vom weissen Honig kriegt er mehr als die Mädchen. Auch von den Tauben. Siehst du den Taubenkäfig? Den stellen sie als Erstes aufs Auto.

Also ist das erste Auto für den Sohn. Man will ihn stärken.

Vielleicht, Saghlûl. Aber du hast dein ganzes Leben über nie Tauben gegessen und bist doch stärker als alle anderen.

Sie neigte sich zu ihm und klopfte ihm auf die Schulter.

Und ein Käfig voll Enten und Hühner, sagte er. Nicht zu glauben! Diesmal auch ein Käfig voll Wachteln.

Woher willst du wissen, was das ist?

Ich hab sie mal gesehen. Sie sind kleiner als Tauben.

Hast du sie auch schon mal probiert?

Noch nie. Ich hab's von anderen gehört. Ihr Fleisch ist zart und wohlschmeckend. Und für Männer wirken sie Wunder.

Sie beugte sich ein wenig zu ihm. Was bewirken sie denn?

Warum sollte ich dir das erzählen? Was du kriegst, langt.

Komm, erzähl mir's.

Angeblich steigt der Mann die ganze Nacht nicht mehr von seiner Frau runter.

Soso. Und wie ist es mit dir, mein Strammer, so ganz ohne Wachteln?

Sie stiess ihn leicht gegen die Schulter.

Und hier eine Dose Käse. Und weisser Honig. Und schwarzer. Jeder trägt eine Dose auf der Schulter. Damals, als ich ihnen geholfen hab, haben sie mir jeweils zwei Dosen aufgepackt. Einen Krug mit Kochbutter. Und Butter.

Und das alles essen die? In wie viel Monaten? Vier?

Sie und ihre Freunde dort. Was ist denn das für eine Dose? Vielleicht reifer Käse. Und ein Kratten Mango und Guaven. Und da, was ist denn in dem Kratten, Sakîna? Ich kann es nicht erkennen.

Ich auch nicht.

Und jetzt ein Korb mit Stroh drin. Das sind Eier.

Und nun ein Sack Reis. Das letzte Mal haben sie den zuerst aufgeladen. Und ein Säckchen mit Linsen, und gestampfte Bohnen. Der Sack hat ein Loch. Die Bohnen rieseln raus. Ich dachte mir, dass es Bohnen sind.

Sie haben viel verloren. Natürlich kommen sie zurück.

Und der Sack, den werden sie zusammenflicken. Jemand liest auf, was runtergefallen ist, und wird es in den Sack zurücktun.

Und was machen die dort mit den gestampften Bohnen?

Bissâra. Die Leute in der Stadt mögen es, scheint's, hab ich gehört.

Und wissen sie, wie man es macht?

Sie haben ein Mädchen, das vom Dorf kommt.

Weiss Gott, jetzt haben sie mich auf eine Idee gebracht. Ich mach das auch. Das letzte Mal, das war vor einem Jahr. Und da hast du allein zwei Teller davon gegessen.

Siehst du die beiden Wagen für die Mädchen? Keine Tauben. Keine Wachteln. Da ist der Hagg wohl nicht zufrieden mit den Ehemännern.

Vielleicht ist er auch nicht zufrieden mit den Mädchen.

Na, na, Sakîna. So was aus deinem Mund?

Ich war ja ein blindes Kätzchen, bis ich dich kennenlernte.

Sie liess ihren Kopf an seine Schulter sinken. Er schob seine Hand unter ihre Gallabija.

Deine Hand ist heiss, flüsterte sie.

Sie liess ihre Hand unter seine Gallabija gleiten und rieb ihr Gesicht an seinem Arm.

All das Gerede von den Wachteln. Die sollten hierherkommen und sehen.

Aneinandergelehnt gingen sie ins Haus.

Eines Morgens starb die alte Dame. Lautes Geschrei erhob sich im grossen Haus, und in wenigen Augenblicken hatten sich viele Menschen davor versammelt. Das Tor stand sperrangelweit auf. Männer und Frauen in Schwarz. Autos, die Mengen von Bekannten und Verwandten abluden und dann fortfuhren.

Sakîna stand mit Saghlûl bei der Bank.

Schon als ich sie zum ersten Mal sah, war ihr der Tod ins Gesicht geschrieben.

Saghlûl suchte nach seiner Gallabija und schüttelte sie aus.

Flick den Riss an der Seite, bat er.

Willst du dort hingehen?

Ja.

Ich hol einen Faden.

Sie ging ins Nachbarhaus und kam gleich darauf mit einem Faden zurück, den sie um den Finger gewickelt hatte.

Er begab sich zum grossen Haus.

Sie blieb stehen und betrachtete die Vorgänge aus der Entfernung. Im oberen Stock hatte man die Fenster geöffnet. Eine Frau staubte ab. Von den beiden Mädchen keine Spur. Ganz sicher waren sie im Erdgeschoss beschäftigt. Richtig, wer wird sich nach dem Ableben der alten Dame um das Haus kümmern? Die Karren mit den Planen, dem Holzgerüst und den Stühlen für das Kondolenzzelt kamen an. Sie forschte nach ihrem Mann, konnte ihn aber nirgends ausmachen. Sakîna setzte sich.

Spät am Abend kehrte Saghlûl zurück. Sakîna sass noch immer auf der Bank. Den Kopf hatte sie gegen die Wand gelehnt. Sie schlief tief. Als er kam, erwachte sie.

Fertig?

Was fertig?

Die Kondolenz.

Schon lange.

Warst du drinnen im Haus?

Mehrmals. Ich bin dauernd rein- und rausgegangen.

Waren sie alle da?

Wer alle?

Ihre Kinder.

Die Mädchen schon. Der Junge kommt erst morgen.

Und das Kondolenzzelt war voll?

Bis auf den letzten Platz. Und dreissig Stühle haben wir noch ins Freie gestellt. Und eine ganze Menge mussten stehen. Ich bin neben der Haustür gestanden, da hat mir eine ein Zeichen gemacht. Ich bin zu ihr gegangen. Es war wohl die ältere Tochter.

Unangenehm, nicht wahr?

Ja. Sie hiess mich Esszimmerstühle hinaustragen, für die Leute draussen. Hab ich gemacht. Sechs Stühle. Aber dann standen immer noch ein paar. Ich bin ihr ins Haus gefolgt und hab zwei Stühle rausgeschleppt, die sie Fauteuil nennen. Sie sass die ganze Zeit auf einem Kissen neben der Tür. Bleib hier neben mir, hat sie gesagt. Und dorthin, und hierher. Zu Diensten. Krüge mit Wasser. Gläser. Aschenbecher. Vier kleine Beistelltischchen, um die jemand gebeten hatte. Und pass auf diese Sachen auf. Bring sie selber zurück. Zu Diensten. Wie heisst du eigentlich? Saghlûl. Hier, Saghlûl. Sie hat mir ein Päckchen Zigaretten gereicht. Ich hab sie abgelehnt. Nimm sie, Saghlûl, sie sind von mir. Ja, weiss Gott, das hat sie gesagt. Dann hat sie mich gefragt, ob ich die Selige gekannt hätte. Sie hat Selige gesagt und ist in Tränen ausgebrochen. Und ich bin danebengestanden. Ich hab die Selige nicht gekannt, nie gesehen. Später hat sie mich nochmals gefragt, ob ich sie denn nicht gekannt hätte, und da hab ich gesagt, ob es denn jemand gäbe, der sie nicht gekannt hätte. Eine gute Dame. Sie hat immer liebenswürdig geredet und mich immer gefragt, wie es mir und den Kindern ginge. Als sie das hörte, hat sie wieder geschluchzt und gesagt, ihr ganzes Leben hätte sie alle Leute geliebt.

Dann schwieg sie. Sie ist dagesessen und hat das Kondolenzzelt angeschaut. Das hatte zwei Öffnungen. Eine ging auf den freien Platz, wo die Trauergäste ein und aus gingen. Eine andere, etwas kleinere Öffnung führte auf die Haustür, für den Kaffeemenschen und seine Jungen. Dem sein Tisch und seine Sachen standen direkt an der Wand. Durch diese Öffnung konnte sie die meisten Trauergäste sehen, ausserdem den Koranleser. Sie hat mich gefragt, ob ich ihn schon mal gehört hätte.

Man sagt, er wäre gut.

Wir haben ihn von der Provinzhauptstadt kommen lassen. Man lobt ihn sehr.

Er ist zum ersten Mal im Dorf.

Er ist aber ganz schön teuer.

Sie schwieg. Ich stand da, ohne etwas zu sagen. Sie hat den Kopf gegen den Türpfosten gelehnt. Und dann kam eine ganz komische Geschichte.

Was für eine Geschichte?, wollte Sakîna wissen.

Also …

Erzähl schon, Saghlûl. Ich erzähl dir auch immer alles.

Da erzählte Saghlûl, sie habe da schweigend neben der Tür gesessen und ihn nach einer Weile dann gefragt, ob er den Herrn genau gegenüber sehe.

Ich hab rübergeschaut. Einer mit Anzug. Er hatte ein

volles Gesicht, sah nicht schlecht aus. Ein dünner, kräftiger Schnurrbart, wie ein Faden über der Lippe, den Blick auf den Boden gerichtet. Siehst du ihn?, hat sie gefragt. Und ich: Ja, da drüben, der rechts von dem kleinen Tischchen. Und sie nochmals: Mit einem Tablett mit einer Tasse Kaffee drauf. Das ist doch Kaffee, oder nicht? Ja, ist es. Geh rüber zu ihm. Tu so, als ob du das Tablett wegräumen wolltest, und flüstere ihm ins Ohr, Frau Widâd wollte ihn sprechen.

Und wo ist Frau Widâd?

Das bin ich.

Ich hab sie angeschaut und sie mich. Und dann hat sie gesagt, ich sollte aufpassen, wenn ich ihm zuflüsterte, und ihn nicht direkt anhauchen. Das mag er nicht.

Ich habe getan, was sie gesagt hat. Der feine Herr hat sein Gesicht abgewandt. Er hat die Farbe gewechselt und mich wortlos angestarrt. Er war wohl mieser Laune. Plötzlich ist er aufgestanden. Komm her. Ich bin ihm gefolgt. Er nahm mich hinter das Kondolenzzelt. Dort blieb er stehen und starrte mich nochmals an, als wüsste er nicht so recht, was er sagen sollte.

Hör zu. Dann Pause. Die Hand in seiner Tasche hat sich bewegt. Seine Finger haben auf meine Brust getrommelt. Sag ihr … Wieder hat er gewartet, bevor er sagte: Sag ihr, es wäre vorbei. Die Geschichte wäre beendet. Klar?

Klar, gnädiger Herr. Aber eigentlich wäre es ja an Ihnen, ihr das zu sagen.

Seine Hand landete auf meiner Wange. Ich trat einen Schritt zurück.

Tu, was ich dir aufgetragen habe, oder tu's halt nicht. Diese Trauerzeremonie ist unerträglich.

Er ging hinaus auf den Platz vor dem Haus. Ich habe gewartet, bis er weit genug weg war, dann bin ich zurückgegangen. Sie sass immer noch da wie zuvor und hat mich forschend angeschaut. Offenbar hat sie schon begriffen gehabt, bevor ich auch nur ein einziges Wort gesagt habe. Sie blieb stumm. Ich auch. Erst nach einer Weile hat sie gefragt: Ist er gegangen? Ja, ist er. Er hat es falsch verstanden. Sie hat auf die Trauergäste geschaut, den Kopf an den Türpfosten gelehnt. Ich hätte ihn nur nach seinen Kindern gefragt und sein Beileid entgegengenommen. Eine Weile hat sie nichts mehr gesagt. Dann fuhr sie fort: Vor vielen Jahren war ich mit ihm verlobt. Einfach verlobt. Wir hatten die Fâtiha gesprochen, um unser Wort zu bekräftigen. Genau das ist geschehen.

Irgendwie war es ihr peinlich, dass sie mit mir sprach und mir all diese Dinge erzählt hat. Sie schaute mich nochmals prüfend an. In ihren Augen war keine Spur vom Weinen mehr. Gut, Saghlûl, danke. Geh jetzt, vielleicht braucht man dich für irgendetwas. Ich hab sie da sitzen lassen und bin weggegangen.

Nachdem Sakîna dies gehört hatte, atmete sie tief ein und sagte: Was für eine Geschichte, Saghlûl. Und das bei einer Kondolenzfeier!

Der Tod bohrt in alten Wunden.

Sie sah ihn aufstehen.

Und die Schachtel Zigaretten? Hast du sie schon aufgemacht?

Noch nicht. Sie ist noch heil.

Verkauf sie, Saghlûl! Du rauchst ja doch nur zum Zeitvertreib.

Ich werde sie nicht verkaufen. Ich werd mir alle zwei oder drei Tage eine genehmigen. Ausserdem, Sakîna, würdst du was verkaufen, was dir jemand geschenkt hat?

Warum nicht?

Er ging in die Stube und streckte sich auf der Matratze aus. Sie blieb auf der Bank und betrachtete das grosse Haus, wo die Lichter blinkten. Schliesslich übermannte sie der Schlaf.

Einige Tage später war alles wieder wie zuvor. Männer kamen und fegten den freien Platz. Ein paar Frauen reinigten das Haus. Sakîna sah ihre Schatten an den Fenstern des oberen Stockwerks. Dann wurden diese Fenster wieder geschlossen. Die ältere Tochter trat an das Tor. Manchmal blieb sie da stehen, gehüllt in ihren Morgenmantel und mit einem Schal um die Schultern. Sie sah sich um und betrachtete die Wipfel der Eukalyptusbäume. Dann ging sie wieder hinein und schloss das Tor.

Zwei Wochen später reiste sie ab. Sakîna sah sie eines Morgens gemeinsam mit ihren zwei Söhnen ein Taxi besteigen. Hinter ihnen erschienen die beiden Mädchen. Sie blieben am Tor stehen, bis sich das Auto in Bewegung setzte. Dann gingen sie zurück ins Haus und schlossen das Tor.

Wer würde sich jetzt um das Haus kümmern? Hagg Hâschim war offensichtlich krank. Einmal sah sie ihn. Sie war auf dem Heimweg über den freien Platz, da kam er ihr entgegen. Mächtig, einen Stock in der Hand, auf den er sich bei seinem langsamen Gang stützte. Sie schaute ihn verstohlen an. Er sah weder sie noch sonst jemanden. Sein Blick war unstet, sein Gesicht aschgrau. Seine Schmerzen mussten beträchtlich sein. Gepriesen sei Gott, seine Frau ist vor ihm dahingegangen. Als sie das Geschrei hörte, dachte sie, es sei wegen ihm. Und die beiden Mädchen? Waren sie in der Lage? Der Mann brauchte jemanden, der sich wirklich um ihn kümmerte. Auch um das weitläufige Anwesen. Den Hof, den grossen Salon, die vielen Zimmer. Sie weiss nicht einmal, wie viele. Das Fegen, das Wischen, das Waschen, das Kochen, das Backen. Das Backen war nicht so wichtig. Sie könnten das Brot in Abbâs' Backstube kaufen. Regierungsbrot, wenn der Hagg das mochte. Oder sie könnten jemand fürs Backen anstellen.

Sakîna war besorgt. Ihr Kopf hörte nicht auf zu arbeiten. Sie sass lange auf der Bank. Und da bemerkte sie, dass das Mädchen nicht mehr mit dem Bündel herauskam, um es auf dem Müllhaufen zu entleeren. Jetzt trug jede eines unterm Arm, wenn sie abends das Haus verliessen. Sie schlossen das Tor mit einem Schlüssel. Der Hagg benutzte offenbar nur die Tür auf der anderen Hausseite, die in den Salon führte. Er war allein im Haus, die ganze Nacht. Aber wenn er was brauchte, wer würde ihm helfen?

Eines Morgens machte sich Sakîna auf zum grossen Haus. Es gab da Dinge, zu denen man nicht schweigen konnte. Nach allem, was sie gesehen und begriffen hatte, war sie mehr als irgendjemand sonst verpflichtet, die Mädchen zu belehren, was zu tun war. Man konnte das Haus nicht einfach sich selbst überlassen.

Das Tor war angelehnt. Die beiden Mädchen sassen auf dem Bettzeug im Hof.

Komm rein, Tante Sakîna, sagte eine von ihnen.

Sie kannten also ihren Namen.

Alles, was sie zu sagen beabsichtigt hatte, entflog ihrem Gehirn. Ja, ein gewisser Zweifel hatte sie erfasst, ob sie überhaupt etwas sagen könnte.

Die beiden Mädchen sassen da, Hände und Füsse ausgestreckt. Offenbar waren sie dabei zu frühstücken.

Setz dich, Tante.

Sie setzte sich dort auf die Erde, wohin sie gewiesen hatten. Vor ihnen frisches Brot, Käse, schwarzer Honig, vermischt mit Sesampaste, und Spiegeleier, sechs Stück mit unversehrtem Eigelb, von denen ein leichter Dampf aufstieg.

Ob sie schon gefrühstückt habe, fragte die eine.

Danke, ja, erwiderte sie, wich aber dem Blick der beiden Mädchen aus.

Greif zu!

Sie verstand, dass sie zum Essen eingeladen war, und sie hatte noch nicht näher rücken können, als ihr schon eine Hand ein Brot mit einem Stück Käse darauf hinhielt. Sie nahm es.

Sie ass schweigend, völlig fasziniert. Die Begegnung mit den beiden verunsicherte sie. Auch die Sympathie, die sie sah, selbst wenn diese etwas lau war.

Die beiden Mädchen beendeten ihr Mahl.

Setz doch mal das Teewasser auf, sagte eine von ihnen. Kocher und Topf stehen hinter dir. Danach können wir uns dann unterhalten.

Die beiden lehnten sich zurück an die Kissen.

Nimm das Tablett, und stell es auf den Vorratsschrank.

Während sie den Tee kochte, erfuhr sie aus der Unterhaltung der beiden, dass diejenige mit der grossen Brust

Subaida hiess, die andere Suhra. In ihren Worten oder Bewegungen hörte oder sah sie nichts Unrechtes.

Sie brachte das Tablett zurück zu ihnen und hielt Subaida ein Glas Tee hin, doch diese sagte: Nein, Tante. Jedes Glas besitzt eine Untertasse. Diese Untertässchen sind in der Schublade im Vorratsschrank.

Sie tranken den Tee.

Plötzlich sagte Subaida, der Hagg sei aufgewacht. Sie habe ihn in seinem Zimmer rumoren gehört. Sie werde ihm das Frühstück machen und bringen.

Komm mit, Suhra! Und du auch, Tante.

Einen Augenblick schwieg sie und schaute sich um. Dann sagte sie zu Sakîna, sie solle anfangen, die Zimmer zu machen.

Die sind nicht sehr schmutzig. Wisch einfach Staub von Stühlen und Schränken und was du sonst findest. Wenn du fertig bist, sag's. Du findest ein Tuch an der Küchentür.

Sakîna ging ins erstbeste Zimmer. An der Tür blieb sie fasziniert stehen. Das Bett mit seinen Messingpfosten und seiner Einfassung, verziert in Blau; das geraffte Moskitonetz; zwei Fauteuils, wie Saghlûl sie nannte, dazwischen ein Tischchen und ein Schrank mit sechs Türen; ein grosses Buffet mit einer dünnen Staubschicht darauf. Sie hörte die beiden Mädchen in der Küche und begab sich auch dorthin, um zu sehen, was Hagg Hâschim zum Frühstück bekam. Sie sprachen mit ihr, als wären sie die Herren im Haus. Seit ihrer Kindheit, so erfuhr sie, waren sie hier, seit sie acht waren. Jetzt mussten sie mindestens siebzehn sein. Das gab ihnen das Recht, sie herumzukommandieren. Geh. Komm. Putz. Aber all die Jahre, wie viele davon sie auch im Haus verbracht hatten, gaben ihnen nicht das Recht, ihr Befehle zu erteilen. Sie waren nicht anders als sie. Sie musste nicht den Mund halten. Schon gut, Sakîna, wenn es dir nicht passt, kannst du gehen.

Sie wischte weiter Staub. Dieser hatte sich in den schmalen Ritzen angesammelt. Kein Auge sah ihn, ausser es wollte ihn wirklich sehen. Sie konnte ihn mit dem Saum des Tuchs herausholen.

Sie war mit den Zimmern rasch durch und ging zu ihrem Platz auf dem Hof zurück.

Du hast gute Putzhände, Tante, hörte sie Suhra sagen. Sogar die Bettpfosten glänzen.

Offensichtlich war sie durch die Zimmer gegangen, um zu sehen, wie Sakîna gearbeitet hatte.

Und jetzt den Hof, sagte Suhra. Du kannst ihn kehren und das Bettzeug ausklopfen.

Sie wies auf die Sachen, auf denen sie sassen und die mit einem Laken bedeckt waren.

Ja, und dann wende das Laken.

Übrigens, bemerkte Subaida, ich habe dem Hagg erzählt, dass du bei uns im Haus bist und uns hilfst.

Und was hat er gesagt?, fragte Sakîna gespannt.

Nix. Er wusste es schon. Nur für den Fall, dass er dich sieht.

Wo sollte er mich sehen?

Das Kehren war erledigt. Nun erwartete sie noch das Geschirr. Es häufte sich unter dem Spülstein, offenbar schon seit Tagen unabgewaschen. Es stand zur Hälfte im Wasser, damit die Essensreste nicht antrockneten.

Sie rollte die Ärmel hoch und wickelte sich den Saum der

Gallabija um die Taille. Dann setzte sie sich auf einen niedrigen Stuhl und zog das Geschirr zu sich heran.

Der Hagg geht aus, sagte Subaida, und kommt zum Mittagessen wieder. Beeil dich ein wenig, damit wir beizeiten kochen können.

Ich soll mich noch mehr beeilen? Wie das wohl ausgeht? Sie sah die beiden Mädchen auf dem Bettzeug sitzen, die Beine ausgestreckt, die Füsse übereinandergelegt und im Rhythmus zu den Schlagern aus dem Radio zuckend, das neben ihnen stand.

Sie war fertig mit dem Geschirr. Wandte sich der schmutzigen Wäsche zu. Das Becken stand neben der Badezimmertür. Es war nicht viel. Sie entzündete den Kerosinherd und erhitzte das Wasser.

Als sie mit der Hand durch die Wäsche wühlte, stellte sie fest, dass es sich um die Sachen der beiden Mädchen handelte. Je drei Gallabijas und fünf Stück Unterwäsche. Ein Slip fiel ihr in die Hand, nicht breiter als eine Spanne. Er dürfte straff anliegen. Woher hatten sie bloss diese Kleidungsstücke? Vielleicht wurden sie heutzutage im Ort verkauft. Oder haben die Töchter des Hagg sie ihnen geschenkt?

Sie hängte die Wäsche an eine Leine bei der Treppe und setzte sich zurück an ihren Platz auf dem Hof. Die beiden Mädchen tuschelten und kicherten miteinander.

Nein, Suhra, sagte Subaida, mach du den Tee. Tante Sakîna hat einen anstrengenden Tag hinter sich.

Ich mach ihn schon. Es war überhaupt nicht anstrengend.

Sie machte den Tee. Stellte Gläser samt Untertassen auf ein Tablett und brachte es ihnen.

Sie tranken den Tee.

Kannst du schlachten, Tante?, wollte Suhra wissen.

Was schlachten?

Subaida lachte. Was schon? Hühner halt, Enten, Tauben.

Ich hab's noch nie gemacht.

Du hast nicht gesagt, was wir schlachten wollen, Suhra.

Und der Hagg?

Ich hab ihn gefragt. Er hat gesagt, egal was.

Schlacht halt beides.

Eine Ente und ein paar Hühner.

Ja. Und dazu Bamia. Der Hagg mag das.

Also gut, Tante. Nimm eine Ente und zwei Hühner. Das Haus ist direkt da drüben. Umm Chalîl kann schlachten. Wir lassen sie das immer tun. Und währenddem kauf zwei Kilo Zucker, ein halbes Kilo feinen Tee, ein Kilo Bamia und ein Pfund Tomaten.

Die Geflügelkäfige hingen im Vorratsraum. Sie holte eine Ente und zwei Hühner heraus. Subaida gab ihr einen Zehnpfundschein aus einer kleinen Tasche oben an ihrer Gallabija. Sie ging.

Sie dachte daran, zuhause vorbeizuschauen. Vielleicht würde sie ja gar niemanden antreffen. Aber im Allgemeinen gehen sie nicht weg. Wohin sollte Saghlûl auch gehen? Er schläft. Die beiden Buben waren weggegangen. Ihn hatte der Schlaf übermannt. Er sagt immer, er schlafe nicht genug.

Sie blieb nicht lange fort. Sie zeigte den beiden Mädchen, was sie eingekauft hatte. Diese sassen wie üblich da und hörten Schlager. Sie trug die geschlachteten Tiere in die

Küche und legte sie in eine Schüssel. Sie kochte Wasser und goss es darüber. Dann setzte sie sich hin, um die Tiere zu rupfen. Die beiden Mädchen tuschelten und kicherten miteinander. Dann entblössten sie ihre Beine und befühlten sie. Sakîna bemerkte es und begriff, worum es ging.

Jetzt haben sie mich rupfen sehen, und das hat sie auf eine Idee gebracht.

Suhra stand auf und ging in die Küche. Sie stellte sich hinter Sakîna und zündete den Kerosinherd an. Der Geruch von karamellisiertem Zucker verbreitete sich. Danach verliess das Mädchen die Küche mit einem Teller voller Zuckersirup in der Hand. Sie ging auf das nächstgelegene Zimmer zu, dasjenige der älteren Tochter, doch Subaida folgte ihr und wies sie in einen anderen Raum. Sie verschwanden darin und schlossen die Tür hinter sich.

Sie wollten also die Haare von den Beinen entfernen. Gut. Sakîna nahm das zur Kenntnis und war überrascht. Sie hatten Zeit und Zucker. Was sollte sie hindern? Aber ins Zimmer der Älteren sind sie nicht gegangen. Sogar wenn sie weg ist, haben sie Angst vor ihr.

Die Mädchen kamen aus dem Zimmer gestürmt, jede mit einem Kleiderbündel unterm Arm. Sie rannten ins Bad. Ihr Gekicher drang nach draussen. Danach sassen sie auf dem Bettzeug und kämmten sich ihre nassen Haare.

Am frühen Nachmittag kam Subaida aus der Küche, wo sie das Essen gerichtet hatte. Der Hagg sei zurückgekommen.

Suhra nahm das Tablett und trug es hinein.

Los, essen wir auch!, sagte sie, nachdem sie zurückgekommen war.

Nach dem Essen ging Sakîna in die Küche und wusch das Geschirr ab.

Nimm den Rest vom Essen mit für deine Kinder, sagte Subaida.

Die Freude, die sie da überkam! Sie hatte sich schon überlegt, was sie essen würden. Am Morgen hatte sie sie mit leerem Magen verlassen. Die übrigen Bamias reichten für alle drei. Und dann der Reis und einige Hühner- und Entenstücke. Gut wäre noch etwas Brot. Und wenn sie nun darum bäte, was wäre dabei?

Glauben Sie, ich dürfte auch noch ein paar Stück Brot mitnehmen, Fräulein Subaida?

Natürlich, nimm! Auch ein Stück Käse. Aber komm mal her. Ich muss dir was sagen.

Sie ging zu ihnen hinüber, ein kleines Lächeln auf dem Gesicht, und setzte sich.

Der Hagg habe ihr gerade, als sie das Tablett holen gegangen war, gesagt, druckste Subaida herum, er hätte gern jemanden, der im Haus schläft.

Sakîna verstand nicht recht. Sie dachte über das Essen nach, das sie mitnehmen würde, und den Lärm, den die beiden Buben machen würden, wenn sie nachhause käme.

Ja und?

Also bist du einverstanden?

Einverstanden mit was?

Die Nacht hier zu verbringen.

Warum? Was ist passiert?

Nun hör mal zu, ich werd dir's erklären.

Der Hagg wolle die Nacht im Haus nicht allein verbringen, erklärte sie. Einen Grund habe er ihr nicht genannt, aber sie kenne ihn. Sie habe ihn von der Verstorbenen gehört.

Die Verstorbene hat dir etwas erzählt?, fragte Suhra.

Wie hätte sie mir etwas erzählen können, Suhra?

Und sie erzählte die Geschichte.

Die ältere Tochter habe ihre Mutter zur Abwechslung einmal für eine oder zwei Wochen zu sich nehmen wollen. Doch die Verstorbene habe abgelehnt. Sie könne doch den Hagg nicht allein lassen. Worauf die Tochter habe wissen wollen, warum denn nicht. Er hat Angst, dass ihm etwas passiert und dann niemand da wäre. Du weisst, dass er krank ist. Sein linker Arm ist nur schwer zu bewegen, ebenso sein linkes Bein. Irgendwas könnte passieren. Das mit dem Bein hab ich nicht gewusst. Doch, seit einem Monat. Und nun sagt er, dass er jemanden will, der in seiner Nähe bleibt und ihm einen letzten Schluck Wasser reichen kann. Was soll das heissen? Er hat es mehrmals gesagt: Niemandes Seele steigt zum Himmel auf, bevor er nicht seine Schulden beglichen und einen letzten Schluck Wasser getrunken hat.

Das ist die ganze Geschichte, sagte Subaida. Also, was meinst du, Tante? Suhra und ich, wir können nicht. Unsre Leute würden das nie erlauben. Ausserdem wollen wir bald heiraten. Und wer würde eine nehmen, die die Nacht ausserhalb vom Haus verbringt? Also, was meinst du?

Ich hab meine Kinder und meinen Mann. Die wären auch nicht einverstanden.

Frag sie halt. Sie können ja hier mit dir schlafen und am Morgen gehen.

Hätte der Hagg denn nichts dagegen?

Warum sollte er? Er liegt im Bett und schläft.

Aber er wird es doch erfahren?

Natürlich wird er es erfahren.

Ich rede mit ihnen und sag es Ihnen dann.

Also gut, das wäre geregelt.

Sakîna ging. Sie konnte sich kaum fassen vor Freude. Den Topf mit dem Essen hatte sie in ein Stück Tuch gewickelt. Saghlûl und die beiden Buben würden früh schlafen gehen in sauberem Bettzeug und hätten Abendessen und Frühstück. Und sie würde auch noch für das Mittagessen Sorge tragen.

Saghlûl blieb mit den beiden Jungen am geöffneten Tor stehen. Sie warteten darauf, dass eine der Frauen drinnen sich umwandte und sie sah. Er wagte nicht zu klopfen. Alle drei trugen eine Gallabija und frische Unterwäsche. Sakîna hatte sie ihnen am Morgen, bevor sie ging, bereitgelegt. Sie hatte sie ermahnt, sich gründlich das Gesicht zu waschen, und zu diesem Zweck einen Seifenrest hervorgeholt, den sie, in ein Stück Papier gewickelt, in der Fensterhöhlung aufbewahrt hatte. Vor dem Sonnenuntergangsgebet sollten sie sich bei dem Haus einfinden.

Und so geschah es.

Subaida drehte sich um und sah sie.

Kommt rein, sagte sie.

Sie gingen hinein.

Sie betrachtete sie prüfend, wie sie da wortlos vor ihr standen. Sakîna, ein paar Schritte entfernt, schaute zu.

Gut so, Onkel Saghlûl, sagte Subaida, den Kopf erhoben, die Hände in die Hüften gestemmt. Komm her, Tante Sakîna.

Sakîna kam und führte sie ins Zimmer des Sohnes des Hagg. Kaum war die Tür hinter ihnen geschlossen, wollte Saghlûl wissen, warum dieses Mädchen eigentlich so von oben herab mit ihnen rede.

Die trägt eben das Kleid der Verstorbenen, aber sie füllt es nicht aus.

Auf dem Boden lag Bettzeug parat: eine grosse Matratze, Kissen und eine Decke; dazu gab es eine Warnung Subaidas, ja nicht das Bett zu benutzen.

Das Bettzeug hier war angenehm. Bei ihnen daheim war es aus Stroh und mit Säcken bedeckt. Manchmal waren im Stroh kleine Holzstücke, die drückten, bevor man einschlief. Doch die Suche danach verschoben sie immer auf die nächste Nacht und vergassen sie dann.

Die beiden Jungen wälzten sich auf der Matratze. Sakîna hiess sie vor dem Schlafengehen die Füsse waschen. Sie zeigte auf die alten Pantoffeln, die einmal dem Sohn des Hagg gehört hatten.

Schön einer nach dem anderen.

Müssen wir schon schlafen?, fragte der Jüngere.

Nein, erst wird gegessen.

Es gibt was zum Abendessen?

Ja, gibt es. Es wird dir schmecken.

Sie ging hinaus und kam mit einem vollen Tablett zurück. Die Reste des Mittagessens. Ein paar Stücke Fleisch und Huhn, Kohlwickel, die sie sich während des Tages zuzubereiten die Mühe gemacht hatte. Nach dem Essen nahm sie sie ins Bad, einen nach dem anderen, die Pantoffeln in der Hand.

Sie richteten sich nebeneinander auf der Matratze ein.

Ich geh noch mal raus zu den beiden Mädchen.

Bleiben wir jetzt immer hier?, wollte der Jüngere wissen.

Das werden wir sehen.

Dann haben wir zwei Häuser, eins am Tag und eins bei Nacht.

Sie ging hinaus zu den Mädchen. Subaida hiess Sakîna die Tür angelehnt lassen, für den Fall, dass der Hagg etwas brauche. Er würde ihren Mann rufen. Sie hatte ihm seinen Namen genannt. Möglicherweise vergass er ihn aber und rief sie stattdessen.

Die beiden Mädchen banden sich ihr Tuch um den Kopf und verliessen das Haus. Sakîna schloss das Tor.

Endlich allein im Haus, konnte sie es in aller Ruhe anschauen. Den Vorratsraum hatte sie schon mehrfach gesehen und wusste, was darinnen war. Das Zimmer der Verstorbenen war gänzlich ausgeräumt. Nur Schrank und Kommode hatte man leer zurückgelassen. Vom Bett waren die Einfassung und das Moskitonetz entfernt. Die Matratze hatte man, mit dem Kissen darin, gefaltet und mit einem alten Laken zugedeckt. Es gab im Zimmer nichts zu sehen. Ausserdem fürchtete sie sich, um diese Tageszeit hineinzugehen.

Dann das Zimmer der älteren Tochter; das der anderen blieb für den folgenden Tag. Sakîna war enttäuscht, als sie die Türen von Schrank und Kommode verschlossen fand. Sie schaute unters Bett: zwei grosse Koffer, auch sie verschlossen. Sie suchte da und dort und fragte sich, wonach sie eigentlich suche. Sie schaue einfach herum, redete sie sich ein und wünschte, ein paar Kleider der älteren Tochter zu finden. Nur der Nachttisch war unverschlossen. Darin standen zwei Paar Schuhe und Plüschpantoffeln. Sie probierte nichts davon an. Doch dann fand sie in einem der Schuhe eine Schachtel Zigaretten. Vielleicht rauchte die Tochter ja insgeheim, wenn sie sich eingeschlossen hatte. Die Schachtel war noch ziemlich voll. Sie nahm zwei Zigaretten heraus und holte in der Küche eine Schachtel Streichhölzer und ein Tellerchen als Aschenbecher. Sie ging zurück ins Zimmer.

Saghlûl war ganz berauscht, als er eine Zigarette rauchte. Die beiden Jungen neben ihm schliefen schon tief.

Unser Haus ist besser, bemerkte er, da fühlt man sich zuhause.

Ich bin es nicht gewohnt, mit dir an einem fremden Ort zu sein.

Stimmt.

Und ich hab nicht mal Lust, mit dir irgendwas anzustellen.

Geht mir auch so.

Aber wir haben doch ordentlich was zu essen.

Ich kann hier nicht einfach rein und raus gehen.

Seit Jahren haben wir nichts Vernünftiges mehr in den Magen bekommen, Saghlûl. Und wenn es mal was gab, war das schierer Zufall.

Ich bin hier eingeschlossen bis zum Morgen.

Auch das hier ist schierer Zufall. Er kann aber eine Weile anhalten.

Nicht mal rumlaufen kann ich bei Nacht, was mir schon immer gutgetan hat.

Die Buben kriegen was zu essen und können es gar nicht fassen. Aber ihre Augen sind auf die Tür gerichtet. Vor was haben sie Angst? Ich weiss es nicht.

Das hat mir schon immer gutgetan. Ich bin gern mit Leuten zusammen und höre ihnen zu.

Gut, dann geh halt Arbeit suchen.

Du sagst es. Morgen geh ich Arbeit suchen, bis ich was finde.

Die Buben sind zum Teil zuhause, zum Teil hier. So geht es.

Ja, so geht es.

Dann schliefen sie ein.

Sakîna wachte früh auf. Sie fegte den Hof, ordnete das Bettzeug der beiden Mädchen und wusch das Geschirr ab. Sie säuberte die Küche und das Klo. Dann richtete sie das Frühstück auf einem Tablett: Spiegeleier, Käse, Marmelade. Während sie die Teller füllte, wiegte sie sich und trällerte.

Sie weckte sie auf, damit sie sich vor dem Essen das Gesicht waschen konnten.

Hastig verzehrten sie ihr Frühstück.

Essen wir jetzt jeden Tag so?, fragte der Jüngere.

Keiner antwortete. Saghlûl rauchte die zweite Zigarette und erkundigte sich, ob es weitere gebe.

Wenn du zurückkommst, kriegst du noch eine.

Er ging. Die Buben sassen mit ihrer Mutter im Hof, bis die beiden Mädchen kamen. Dann rannten sie hinaus.

Der Tag ging dahin. Danach weitere Tage. Saghlûl arbeitete im Café am Fluss. Die Kunden dort kannte er von früher. Sie seien nicht von der Art, die fremde Mütter beleidigten, sagte er sich. Doch kaum war die erste Woche vorüber, ein paar Stunden bevor er seinen Lohn in Empfang nahm, da beschimpfte einer seine Mutter und seinen Vater.

Saghlûl schluckte es und schwieg. Er nahm seinen Wochenlohn entgegen und arbeitete weiter. Die Tätigkeit in Cafés gefiel ihm. Vielleicht die Nähe zu den Leuten. Sie kamen und gingen. Gesichter wechselten, ebenso die Gespräche, die er hörte.

Er wählte die Schichten bei Tag, damit er nach Sonnenuntergang im grossen Haus sein konnte. Er traf ein, wenn die beiden Mädchen sich zum Gehen fertigmachten. Die Buben waren immer schon da. Sie setzten sich zum Essen ins Zimmer.

Manchmal ging Hağğ Hâschim nach dem Abendessen aus. Dann wies Subaida Sakîna an, bis zu seiner Rückkehr wach zu bleiben.

An solchen Abenden war die ganze Familie draussen auf dem Hof, und die Stimmung entspannte sich ein wenig. Sakîna machte ihnen Bockshornklee-Tee, und nachdem sie diesen einmal getrunken hatten, verlangten sie jeden Tag danach. Dann nahmen sie noch ein paar Kleinigkeiten zu sich: Brot, Käse und weissen Honig. Die Jungen rannten hinaus und tobten zwischen den Bäumen umher. Sakîna nahm Saghlûl mit in den oberen Stock, um die Zimmer dort anzuschauen. Doch sie waren alle verschlossen. Also setzten sie sich in den geräumigen Salon, genossen die kühlen Bodenfliesen und schauten durch das geschlossene Fenster hinaus.

Schau nur, Saghlûl, die Platten sind bunt, rief Sakîna.

Er schaute flüchtig auf den Boden, dann wieder hinaus.

Auf jeder Platte ist eine Rose. Siehst du?

Sie folgte mit einem Finger den Umrissen der Rose.

Saghlûl schenkte ihr keine Aufmerksamkeit.

Wäre es nach ihr gegangen, hätte sie ihr ganzes Leben hier verbracht. Sie fand alles, was sie brauchte. Aber Saghlûl – nach kurzer Zeit schon sagte er nichts mehr. Er bat um nichts mehr. Er vertilgte schweigend, was sie ihm brachte. Auch zuhause sprach er wenig. Doch hier beunruhigte sie sein Schweigen. Sein Gesicht war finster. Er konnte es nicht ertragen, wenn sich die Buben neben ihm im Bett regten. Sofort fuhr er sie an. Sie fürchtete gar, er könnte gehen und nicht mehr zurückkommen. Er könnte in ihr Haus zurückkehren. Aber was sollte er dort essen? Die Buben blieben bei ihr. Sie waren glücklich mit dem, was sie hier bekamen. Und was sagte Subaida? Sie glaubte, dass Saghlûls Gegenwart alle zufrieden machte. Einmal verriet sie ihr, der Hagg habe, als sie ihm das Tablett mit dem Abendessen brachte, wissen wollen, ob Saghlûl noch da sei. Und als sie es ihm versicherte, habe er beruhigt aufgeatmet. Sakîna verstand nicht, warum er wegen der Gegenwart ihres Ehemannes entspannt sein sollte. Aber so war es eben.

Nicht wenige Frauen, auch verheiratete, wünschten, sie wären an Sakînas Stelle, sagte Subaida auch, und nach kurzem Schweigen fügte sie noch etwas hinzu, das Sakîna seltsam vorkam. Etwas, das sie gern Saghlûl erzählt hätte. Doch dieser war, wie sie sah, in sich gekehrt. Er hörte nichts und kümmerte sich um nichts. Subaida sagte, der Hagg fühle sich offenbar in der Anwesenheit keines seiner Verwandten wohl. Mit keinem Wort habe sie ihn je andeuten hören, er habe Verwandte eingeladen. Sie wusste nichts von Brüdern oder Schwestern, hatte nie von solchen gehört. Vielleicht gab es Vettern auf seines Vaters oder seiner Mutter Seite. Doch sie waren weit weg, und nie hatte sie einen von ihnen im Haus gesehen. Vielleicht gab es zwischen dem Hagg und seinen Verwandten etwas, von dem sie nichts wusste. Vielleicht fürchtete er auch, wenn jemand käme, könnte er ihn nicht mehr loswerden, wenn ihm etwas zustiesse, was Gott verhüten möge. Dergleichen hatte es schon gegeben. Sie hatte davon in anderen Häusern gehört. Er selbst, der Hagg, hatte sich nie darüber geäussert. Es war nur so eine Idee von ihr, nachdem sie nun schon Jahre in seinem Haus ein und aus gegangen war. Vielleicht, das wusste er besser als sonst jemand, würde ja ihre Anwesenheit Sorge oder Störung verursachen. Nun ja, das wurde gemunkelt, und sie schwieg dazu. Das Mädchen war helle und wusste allerhand. Sie zeigte es aber nicht.

Sakîna und Saghlûl waren im oberen Stock, als sie hörten, wie die Tür auf der Seite des Hagg erst geöffnet und dann geschlossen wurde. Er kam von seinem Ausgang zurück. Rasch gingen sie hinunter in den Hof. Saghlûl eilte hinaus, um die Buben zu holen. Auf Zehenspitzen schlichen sie ins Zimmer.

Eines Nachts erwachte Sakîna an einem Geräusch im Hof. Es war Hagg Hâschim, der rief: He, ist jemand da?

Ja, hier!, rief Sakîna.

Ihre Stimme weckte Saghlûl. Er eilte hinaus und wusch sich rasch das Gesicht, um wach zu werden. Er ging den kleinen Gang entlang, der zum Salon und von dort zum Zimmer des Hagg führte. Mit verschränkten Beinen sass dieser auf dem Bett.

Saghlûl?, fragte er schweratmend.

Ja.

Ich hatte deinen Namen vergessen. Setz dich ein wenig zu mir.

Saghlûl zog den Stuhl neben das Bett. Der Hagg rang nach Luft und presste sich die Hand auf die Brust. Saghlûl schaute ihn mitfühlend an.

Soll ich Ihnen einen Anistee machen?

Der Hagg nickte.

Saghlûl ging hinaus. Er fand Sakîna am Eingang des Salons stehen.

Alles in Ordnung?, fragte sie flüsternd.

Mach einen Anistee.

Er kehrte zu seinem Stuhl zurück, und wie zu sich selbst murmelte er: Ein bisschen kalt.

Der Atem des Hagg wurde ruhiger. Was er gesagt habe, wollte er wissen. Saghlûl war überrascht, dass er ihn gehört hatte.

Ein bisschen kalt.

Stimmt. Ein bisschen kalt.

Das Atmen fiel ihm noch immer schwer. Er trank den Anistee und erkundigte sich, was er so arbeite. Aber er schien nicht interessiert, eine Antwort zu hören. Sein Kopf bewegte sich rhythmisch langsam nach vorne und nach hinten.

Er arbeite im Café am Fluss, erzählte Saghlûl.

Ich kenne es. Es sind lauter Hundesöhne dort.

Er seufzte lange und schloss die Augen. Ob er sie je gesehen habe?

Wen?

Die Hagga, meine Frau.

Saghlûl starrte ihn mit grossen Augen an. Wer könnte die Hagga anderes sein als die verstorbene Frau?

Ein Schauder lief ihm über die Beine. Er habe sie nie gesehen.

Er hatte genug. Ihm machten Gespräche über Geister Angst. Er hatte das Gefühl, sie würden ihn fast gar berühren. Bei Nacht vermied er Orte, an denen angeblich unsichtbare Wesen auftauchten.

Hagg Hâschim lehnte sich zurück. Sie suche ihn mit Vorliebe auf, wenn er drauf und dran sei einzuschlafen. Wenn sie sieht, dass ich schon schlafe, weckt sie mich nicht auf. Häufig bleibt sie stundenlang neben mir stehen, wenn ich schlafe.

Er schwieg. Seine Blicke wanderten unstet umher.

Ihr sei es auch nicht wohl. Es quält sie, dass sie mich verlassen hat. Wer wird denn bei dir sein, wenn es dir nicht gutgeht?, fragt sie mich. Ich antworte nicht. Ich höre nur zu, ohne etwas zu antworten. Was sollte ich denn sagen? Schon bevor sie mich verlassen hat, blieb sie hier im Zimmer neben mir und drückte meinen Arm, bis ich eingeschlafen war. Dann erst ging sie in ihr Zimmer. Manchmal bei Nacht, wenn ich schlief, spürte ich, wie sie auf Zehenspitzen umherging, wie sie die Fenster schloss und, vornübergebeugt, die Decke über mich zog. Ich konnte ihren Atem und ihr Haar riechen, während sie ihren Kopf ein wenig an meine Schulter legte. Dann ging sie. Irgendwann tauchte jemand auf und erzählte herum, sie hätte Gelbsucht. Das war jemand aus deinem Café da, und ich habe davon erfahren. Ich versuchte herauszufinden, wer es war, aber ohne Erfolg. Ihr Gesicht wurde ganz gelb. Das nennen sie Gelbsucht. Niemand erfuhr, was los war mit ihr. Nicht einmal die Kinder. Nur ich kannte ihre Schmerzen. Und sie bat mich, den Kindern nichts davon zu sagen. Ich habe nie etwas erzählt.

Er legte sich auf die Seite, das Gesicht zur Wand.

Deck mich zu, bitte!

Saghlûl zog die Decke über ihn. Der Hagg sprach weiter: Sie hatte Schmerzen, wirklich, aber sie klagte nie. Sie hat mir gesagt: Ich werde vor dir gehen, Hâschim. Ich habe sie nur angeschaut. Was hätte ich auch sagen sollen? Sie sass da auf dem Stuhl. Da, wo du jetzt sitzt, und sagte: Ich werde gehen, Hâschim. Dann ging sie.

Saghlûl stand auf. Seine Hand zitterte auf der Stuhllehne. Er betrachtete den Rücken des Mannes, der da lag. Sein mächtiger Körper füllte das ganze Bett. Sein röchelnder Atem. Die leichte Dunkelheit im Zimmer. Er wollte geräuschlos zur Tür gehen, doch da hörte er den Hagg sagen: Bleib noch ein wenig, Saghlûl, bis ich eingeschlafen bin. Wenn sie ihn im Zimmer sehe, erklärte er, werde sie nicht hereinkommen, und er könne einschlafen. Sie besucht mich nicht gern, solange andere bei mir sind.

Seine Atemzüge wurden länger, das Röcheln lauter. Das Reden ermüdete ihn, aber er wollte nicht aufhören.

Sie komme, fuhr er fort, jeden Tag komme sie. Ihr Kommen mache ihm alles leichter. Verheimlichst du mir etwas, Hâschim?, frage sie ihn. Was könnte ich ihr verheimlichen? Sie äussert sich nie offen. Sie fragt, ohne eigentlich zu fragen. Sie wechselt das Thema. Und ich denke die ganze Zeit darüber nach, was ich ihr verheimlicht haben könnte. Sie fragt mich: Woran denkst du? Ich sage nichts. Eines Tages hat sie mich gebeten, ihre Schulden zu bezahlen, damit sie in den Himmel aufsteigen könnte. Schulden? Was für Schulden? Ich habe doch nicht gewusst, dass sie bei irgendjemand Schulden hat. Dann erklärte sie es mir. Es gab eine offene Rechnung bei Umm Saad. Dreieinhalb Pfund. Sie wäre hin- und hergerissen, sagte sie. Einerseits wollte sie hinauf, andrerseits nicht. Wenn sie aufstiege, könnte sie nicht mehr kommen, mich zu sehen. Aber sie wäre auch das Warten müde. Sie wollte ihre Ruhe. Die meisten ihrer Freundinnen wären auch schon oben. Du weisst gar nicht, Hâschim, was ich leide. Ich wollte ihr sagen, ich wüsste es genau, aber ich habe nichts gesagt. Sie bat mich, die Schulden zu begleichen. Ich wusste aber gar nicht, wer Umm Saad ist. Ich habe die beiden Mädchen gefragt, aber die kannten sie auch nicht. Niemand hier kannte sie. Erst heute hat mir jemand erzählt, es gäbe im ganzen Ort nur eine einzige Umm Saad. Die wäre aber vor langer Zeit gestorben. Sie hätte Gewürze und Henna verkauft. Da habe ich mich gefragt, was es zwischen ihr und der Hagga für eine offene Rechnung geben könnte. Alle Gewürze, die wir im Haus brauchen, kaufen die Mädchen beim Krämer. Schliesslich fiel es mir ein. Ein paar Tage vor ihrem Hinschied hat sie sich Hände und Füsse mit Henna gefärbt. Damals hat mich das überrascht, weil sie seit der Hochzeit nie Henna benutzt hatte. Sie war ganz glücklich über die gefärbten Hände. Sie zeigte sie mir und sagte: Schau mal.

Das war es, das Henna. Wir müssen nach den Erben von Umm Saad suchen und ihnen die Schulden bezahlen. Ich habe Angst, es könnte keine Erben geben. Wenn du mir dabei helfen könntest, Saghlûl. Frag nach ihnen, und gib ihnen das Geld.

Morgen früh werd ich das tun, Hagg.

Gut.

Hagg Hâschim drehte sich auf den Rücken. Sein Blick ging hierhin und dorthin. Seine Augen waren trüb. Er schloss sie.

Saghlûl stand da, und plötzlich wurde ihm klar, dass er nur Unterwäsche trug. Die Unterhose und das zerrissene Unterhemd. Als er aus dem Zimmer gestürmt war, hatte er vergessen, nach der Gallabija zu greifen. Er hätte gern seine Frau gebeten, sie ihm zu bringen. Aber wo war sie jetzt? Weg, und er war allein.

Ja, hier bin ich, murmelte der Hagg.

Er stützte sich auf seinen Ellbogen und drehte sich zu Saghlûl. Heftig zitternd streckte er seine Hand aus. Saghlûl schaute in die gewiesene Richtung: eine Wasserkaraffe, daneben ein Glas, auf einem kleinen Tisch. Er füllte das Glas und tat mit unsicherem Blick ein paar Schritte. Die ausgestreckte Hand zitterte; auch der Mund zuckte. Saghlûl drückte dem Hagg das Glas in die gekrümmten Finger. Sie zitterten heftig, und das Wasser schwappte über. Es gelang ihm nicht, das Glas an seine Lippen zu bringen. Als es drauf und dran war hinunterzufallen, griff Saghlûl ein. Er hielt den Kopf des Hagg und führte das Glas zu seinem Mund. Der Hagg nahm einen Schluck und presste die Lippen aufeinander, um ihn festzuhalten. Dabei fiel sein Kopf aufs Kissen zurück, und das Wasser floss ihm aus den Mundwinkeln. Auf dem Kissen bildete sich ein kleiner nasser Fleck. Sein Blick war starr auf die Tür gerichtet.

Ah, das Henna auf deiner Hand.

Saghlûl machte einen Satz nach hinten. Dabei warf er den Stuhl um. Er stürzte zur Tür. Beim Hinausrennen hatte er das Gefühl, jemand ginge an ihm vorbei. Wie ein Lufthauch. Er stiess einen Schrei aus. Seine Füsse verkrallten sich im Boden. Er sah, wie sich der Kopf des Hagg hob und in seine Richtung starrte. Dann fiel er zurück aufs Kissen.

Sakîna kam gerannt, die beiden Buben folgten ihr. Sie umfasste Saghlûl, der in ihren Armen bebte. Sie brachte ihn in ihr Zimmer und reichte ihm ein Glas Wasser, das er aber mit einer Handbewegung zurückwies. Sie konnte nicht warten, bis er sich völlig beruhigt hatte, und ging ins Zimmer des Hagg.

Nach kurzer Zeit kam sie zurück. Er schaute sie fragend an.

Gottes Barmherzigkeit sei mit ihm.

Schweigend blieben sie beieinander sitzen. Die Buben schliefen wieder ein.

Im Treppenhaus tauchten die Vorboten des Tages auf.

Ich lauf mal geschwind zu den Mädchen rüber.

Ich gehe.

Sakîna dachte kurz nach.

Wir sollten noch etwas essen, bevor wir das Haus verlassen.

Sie weckte die Buben.

# Der Sohn

Sakîna sitzt auf ihrem Platz auf der Bank. Auch die beiden Buben sind, wo sie immer sind: Der jüngere liegt da, den mageren Körper ausgestreckt, den Kopf auf ihrem Schenkel, und versucht, wieder einzuschlafen. Er ist mit Wunden an den Beinen nachhause gekommen, hat aber nichts erzählt. Sie hat sie zufällig entdeckt. Einige waren schon geschwollen und eiterten. Sie drückte sie aus und verband sie.

Der ältere hockt neben der Tür und vermeidet es, sie anzuschauen. Es ist noch nicht so hell, dass sie gehen und etwas Brot besorgen könnte. Die Frauen in den anderen Häusern verlassen ihre Betten nicht vor Sonnenaufgang. Die Männer gehen alle schon früh hinaus. Sie haben zu arbeiten. Ihr Mann dagegen sitzt am anderen Ende der Bank, einen Strohhalm im Mund, den er, bevor er aufstand, aus dem Bettzeug gezogen hat. Er wühlt im Stroh unter sich, bis er einen Halm nach seinem Gusto findet. Danach glättet er das Bett aber nicht mehr.

Einen Monat plus/minus ein paar Tage sitzt er nun schon da. Bei Sonnenuntergang geht er weg und kehrt gegen Mitternacht zurück, wenn alle nachhause gegangen sind. Dann sucht er, sie spürt es, nach etwas Essbarem. Für ihn ist im Allgemeinen ein Brot von dem übrig, was sie während des Tages geborgt hat. Die Buben nutzen, trotz ihrer Warnung, ihre Abwesenheit vom Haus, holen den aufgehängten Palmkorb herunter und machen sich über zwei oder drei Brote her. Für ihren Vater lassen sie nur eines übrig. Ihr sagen sie, wenn sie Steine nach ihnen wirft: Eins reicht für ihn. Ja, wenn er arbeiten würde …

So reden die Buben.

Die letzte Arbeit, die er hatte, war im Café am Fluss. Damals sagte sie: Das ist gut so.

Als sie seine Mutter beschimpften, schwieg er. Als sie es nochmals taten, schwieg er nochmals. Beim dritten Mal gab er die Beschimpfung zurück, worauf sie ihn verprügelten. Sogar der Caféinhaber machte mit. Sie jagten ihn aus dem Café. Er sah wüst aus. Das Erste, was er sagte, als er nachhause kam: die Gallabija sei noch heil, sie habe es unbeschadet überstanden.

Von ihrem Platz aus wirft Sakîna einen Blick auf das grosse Haus und denkt kummervoll an jene Tage dort. Das Gebäude ist verschlossen und still wie eine Ruine. Wer würde dafür sorgen? Die Vorderseite ist völlig verdreckt, der freie Platz davor angefüllt mit allem Möglichen, was der Wind so herantreibt. Wenn der Jüngere sie so lange nach dem Haus schauen sieht, sagt er: Warum bist du so bedrückt? Wir haben doch immerhin ein paar gute Tage dort erlebt. Vielleicht gibt es einmal ein anderes solches Haus.

Die Weisheiten des Buben überraschen sie. Sie weiss nicht, woher er sie hat.

Diesmal ist Saghlûl schon lange zuhause. Sie musste schon dreimal Brot von jeder Frau borgen, die sie in der Nachbarschaft kennt. Und sie hat es noch nicht zurückerstattet und fürchtet, wenn sie ein viertes Mal bitten ginge, würden die Frauen finden, ihre Schulden seien inzwischen so gross, dass sie sie nie würde begleichen können. Dann würden sie Ausreden erfinden, die für sie schmerzlich wären. Und wenn sie nun ihren Älteren in Abbâs' Backstube schickte? Regierungsbrot. Was soll's? Er hatte das schon zweimal zuvor heimgebracht. Es schmeckt schliesslich auch nach Brot. Wenn er nur welches kriegen kann.

Die Leute nennen es »Regierungsbrot«, seit man festgestellt hat, dass die Polizeistationen vom Ort und von den umliegenden Dörfern ihre Autos zur Backstube schicken, um grosse Mengen davon für die Soldaten und die Gefängnisinsassen zu kaufen.

Ihr Blick fällt auf Sâhir. Er sitzt da, vornübergebeugt, und bläst in seine zwischen den Knien zur Faust geballten Hände. Dann hört er auf zu blasen, schaut aber nicht zu ihr herüber.

Er schiebt sich zum Ende der Bank. Dann streicht er seine Gallabija glatt und geht.

Er hat verstanden, ohne dass ich etwas gesagt habe.

Abbâs' Backstube. Wann hatte er sie entdeckt? Zunächst war er daran vorbeigegangen, ohne ihr einen Blick zu schenken. Es war der Duft des Brotes eines frühen Morgens. Wie üblich schlenderte er dahin, die Augen auf die Erde gerichtet. Plötzlich der Duft. Kräftig, durchdringend. Er wandte sich um. Sah die Brote, frisch aus dem Ofen, in Stapeln auf dem Holztisch am Eingang, darauf wartend, mitgenommen zu werden. Die Fladen waren gebläht, die Oberfläche leicht dunkel mit kleinen Höhlungen an verbrannten Stellen: das waren die Bläschen, die sich bilden, während der Fladen sich aufbläht, und die dann von den Flammen erreicht werden. Schon mehrfach hatte er das beobachtet, wenn er neben seiner Mutter beim Backofen hockte, als sie noch backte. Im

Allgemeinen war die Oberfläche des Brotfladens bröcklig, und wenn man einen Bissen davon in den Mund nahm, löste er sich rasch auf.

Sâhir blieb stehen und starrte in den halbdunklen Eingang. In der Ecke stand ein Tisch, auf dem ein Haufen zerbrochene Brote lagen. Backreste. Er sah es, als er näher trat, und da kam ihm der Gedanke, er könnte doch etwas davon mitnehmen. Der Bäcker hätte sicher nichts dagegen. Deformierte Brote, manche verbrannt, andere zerbrochen. Solche, die beim Herausholen oder beim Transport vom Backofen zum Tisch hinuntergefallen waren. Er griff sich eine Handvoll.

Nimm, wenn du willst, ertönte eine Stimme im dunklen Innern.

Der Ofen brannte nicht mehr. Bäcker Abduh – diesen Namen erfuhr er später – fegte mit einem langen Besen die Holzstückchen und die Späne zusammen, die vor dem Ofen herumlagen.

Komm her, und feg die Backstube, dann kannst du eine Ladung Brotreste mitnehmen.

Sâhir ging hinein. Er war überrascht. Er hatte den Mann noch nie gesehen. Er war klein und mit gebeugtem Rücken. Das Feuer hatte ihm am Arm, Hals und Ohr gefressen und totes Fleisch zurückgelassen. Ohne Gallabija, in langer Hose und Weste stand er an der Öffnung des Backofens. Er überliess Sâhir den Besen und setzte sich mit einer Zigarette an die Tür.

Sâhir war rasch fertig. Er trat erwartungsvoll zu dem Tisch mit den Brottrümmern. Abduh, der Bäcker, schaute ihn an.

Nimm, so viel du tragen kannst, ermunterte er ihn.

Er stand auf, ihm zu helfen. Sâhir breitete seine Gallabija aus, so weit er konnte, und der Bäcker füllte mit beiden Händen mehrere Ladungen hinein.

Das langt. Es ist schon gestrichen voll.

Die Gallabija liess sich kaum mehr zusammenfassen. Sâhir eilte hinaus. Es war das erste Mal, dass er Brot nachhause brachte. Seit anderthalb Tagen hatten sie nichts mehr zu sich genommen. Und seine Mutter? Wenn sie ihn mit diesen Brotmengen sähe?

Sie sassen alle wie üblich auf der Bank. Schweratmend blieb er vor ihnen stehen. Plötzlich öffnete er seine Gallabija. Seine Mutter stiess einen Schrei aus und sprang auf. Sie zog ihn an der Schulter ins Haus. Sein Vater und sein Bruder folgten ihnen.

Seine Mutter liess den Palmkorb herab und leerte die Brotladung hinein.

All das, so viel! Woher hast du das?

Von Abbâs' Backstube.

Abbâs' Backstube? Er hat dir das einfach gegeben?

Abduh, der Bäcker, war da. Er hat mir gesagt, ich sollte kehren, und hat mir dann die Gallabija gefüllt.

Und du hast gekehrt?

Ja, mit dem langen Besen.

Seine Mutter nahm ein Stück von dem Brot. Die anderen standen da und betrachteten sie in Erwartung einer Äusserung.

Beim Propheten, das schmeckt gut.

Sein Vater sagte kein einziges Wort, doch auf seinem Gesicht lag ein Ausdruck von Zufriedenheit. Seine Mutter brachte zwei Zwiebeln, die sie für den Tag versteckt hatte, wenn es wieder etwas zu kochen gäbe. Sein Vater zerbrach sie mit der Hand. Sie standen im Kreis um den Korb.

An jenem Tag assen sie sich satt. Es blieb nur wenig zurück. Er war zufrieden, zeigte aber seinen Stolz nicht, als er sein Brot im Korb an der Decke aufgehängt sah. Danach zog sein Vater die Gallabija an und verliess das Haus. Seine Mutter schaute ihm nach.

Gott zeige ihm den Weg und lasse ihn Erfolg haben.

An jenem Tag arbeitete er bei einem Wasserradschreiner.

Als Sâhir mit seinem Freund Abdallah am Fluss spazieren ging, weihte er ihn in sein Geheimnis ein.

Abduh, der Bäcker, ist ein richtiger Geschichtenerzähler. Er kennt jede Menge Geschichten. Vielleicht nehm ich dich mal zur Backstube mit, dann kannst du's selber hören.

Was für Geschichten?

Erzähl ich dir.

Und Sâhir begann zu erzählen.

Vor zwei Jahren sei Abduh hierhergekommen. Zuvor habe er viele Orte gesehen. Aber er sei nie irgendwo länger als drei oder vier Jahre geblieben. Dann habe es ihm gereicht. Ich hab ihn gefragt, was ihm gereicht hätte, der Ort oder die Leute drin. Weder das eine noch das andere, hat er gesagt. Die Leute wären überall, wo er war, so ziemlich gleich gewesen. Er hätte einfach weitergehen wollen. Er arbeitet bei Nacht und geht bei Sonnenaufgang schlafen. Er bleibt neben dem Feuer und starrt in den Ofen. Er sieht die Flammenzungen, wie sie tanzen und sich dann beruhigen. Sie wären Freunde geworden, er und das Feuer. Hast du so was schon mal gehört?

Er und das Feuer?

Ja, genau.

Er fühle sich beim Feuer wohl, und das Feuer sich bei ihm. Wenn es zische, schaue er genauer hin und stelle fest, dass es sich über ein Stück Holz beklagte, das feucht und klobig sei und sich zu brennen weigere. Es stosse nur dicken Rauch aus und ersticke die Flamme. Dann strecke er seinen Schürhaken aus und schiebe den pechschwarzen Holzklotz beiseite, worauf sich das Feuer beruhige und die Flamme wieder tanze und ihren knisternden Gesang wiederaufnehme.

Wirklich, er erzählt seltsame Sachen. Er hat gesagt: Das Feuer singt. Ich hab ihn gefragt, ob er Kinder hätte. Da hat er geantwortet: Welche Frau würde schon einen Mann nehmen, von dem das Feuer ein Stück abgefressen hat?

Die ganze Nacht seien er und das Feuer allein. Er verlasse es nur, um auf den Abort zu gehen, und wenn er zurückkomme, sei es wie zuvor. Und wenn es schläfrig werde und sich ausruhen wolle – da habe Onkel Abduh gelacht –, gehe die Flamme langsam zurück und verschwinde schliesslich. Es bleibe nur die gleissende Glut, ein schöner Anblick. Onkel Abduh habe nochmals gelacht. Es warte lange auf den Schlaf. Dann erlösche es. Ein Rauchwölkchen, wenn es gähne. Er sitze daneben und warte auf dieses Gähnen. Dann strecke er sich neben ihm aus und schlafe. Onkel Abduh habe nochmals gelacht. Ob er glaube, er sei nicht ganz bei Trost, habe er ihn dann gefragt.

Da hab ich gefragt, was das heisse, nicht ganz bei Trost. Ich hab doch überhaupt nichts begriffen. Ich hab gehört, was er gesagt hat, aber nichts begriffen.

Eines Nachts habe er das Feuer vernachlässigt. Er habe ein feuchtes Stück von einem Baumstamm hineingeschoben, das eigentlich zum Trocknen beiseitegelegt war, das er dann aber aus Versehen doch in den Ofen geschoben habe. Dem Gezeter hinter sich im Ofen habe er keine Aufmerksamkeit geschenkt, da er damit beschäftigt gewesen sei, den Bäcker anzufauchen, der Teig gebracht habe, der noch nicht aufgegangen war. Der Streit zwischen ihnen habe einige Zeit gedauert, und als er sich in dichten Rauch gehüllt spürte, habe er sich umgedreht, rasch das Holzstück aus dem Ofen gezogen und zahlreiche Scheite trockenes Holz und Äste nachgelegt. Danach sei die Debatte mit dem Bäcker weitergegangen. Einige Augenblicke später habe er ein Zischen vernommen und sich umgedreht. Da sei ihm aus der Ofenöffnung eine enorme Feuerwelle entgegengeschlagen. Es war zu spät, auszuweichen und den Eimer mit Wasser zu nehmen, der gleich neben ihm stand. Das Feuer traf ihn, da und da, und als es genug hatte, habe es sich zurückgezogen, und die Flamme habe sich beruhigt. Er lag nur da und habe sie angestarrt und noch kaum gespürt, was ihm geschehen war. Onkel Abduh habe wieder gelacht. Das Feuer sei wütend gewesen, jawohl, wütend, weil er es vernachlässigt habe.

Was hätte ich sagen können, wenn er mir so was erzählt? Ich habe ihn nur entgeistert angeschaut.

Er habe ihm vorgeschlagen, vorbeizukommen und das zerbrochene Brot mitzunehmen, und zwar alle vier Tage. Die übrigen Tage seien schon vergeben. Früher habe er diese Reste einmal einer Frau überlassen, die damit ihre Hühner fütterte. Sie hatte ihm angeboten, jeden Tag drei gekochte Eier vorbeizubringen. Er habe das Angebot abgelehnt; die esse er doch nicht. Danach sei eine andere Frau aufgetaucht und habe ihn gebeten, ihr etwas für ihre Kinder zu geben. Sie hatte vier. Ihr Mann habe jeweils ein paar Tage als Tagelöhner auf dem Feld gearbeitet und sei danach immer ein paar Tage krank gewesen. Das erzählte sie ihm. Sie beschwerte sich nicht und klagte nicht über ihr Schicksal. Sie erzählte einfach, und das war's dann. Nach ein paar Tagen Arbeit bekam der Mann allemal heftige Schmerzen auf der Seite. Dann schrie er und wand sich. Sie brachte ihn zu Salmâwi, dem Krankenpfleger, der ihm eine Spritze und Augentropfen gab.

Ja, der weiss Bescheid. Alle gehen zu ihm.

Er habe ihren Mann angeschaut und gesagt, das sei ein Nierenstein. Da müsse man operieren im Regierungskrankenhaus. Aber ihr Mann habe sich geweigert und behauptet, er habe noch nie von jemandem gehört, der ins Krankenhaus gegangen und auf eigenen Füssen wieder herausgekommen sei. Der Krankenpfleger, der dort arbeitete, sei wütend geworden und habe ihn angeschrien, wie er so etwas sagen könne. Ob er denn noch mehr wolle als fünfzig Groschen, um dafür in einem richtigen Bett zu schlafen? Sie würden ihm den Stein herausnehmen. Die Ärzte dort seien die besten auf der ganzen Welt.

Nach kurzem Schweigen ergänzte der Krankenpfleger, der Mann solle noch ein paar zusätzliche Groschen mitnehmen. Die Medikamente, die Gaze und der Verbandsstoff, den man nach der Operation brauche, gingen auf Patientenkosten. Das Krankenhaus verfüge nicht mehr über alles Nötige. Das Essen muss dir deine Frau bringen. Es gebe aber noch eine andere Lösung.

Die Patienten dort sammeln untereinander Geld. Jeder gibt, so viel er kann. Für Medikamente und was ein neuer Patient sonst noch so braucht, wenn sie sehen, dass er mittellos ist. Aber ihr Mann wollte nicht. Es werde schon gehen.

Ihr habe er Brot für zwei Tage hintereinander gegeben. Der Rest habe für einen dritten Tag gereicht. Der Frau mit den Eiern habe er nichts mehr gegeben. Eine weitere Frau sei gekommen um Brot. Auch sie habe Kinder gehabt. Was sie sich an einem Tag holte, genügte auch noch für einen weiteren. Die Frau des Kranken traf mit Abduh eine vorteilhafte Abmachung. Eines Tages hatte sie ihn hinter der Backstube seine Gallabija waschen sehen. Da war sie verärgert. Er hätte sie doch bitten können, ihm seine Kleider zu waschen. Er solle sie ihr geben, Seife habe sie noch ein Stück.

Er hat nicht viele Kleider.

Er habe auf eine kleine rostige Blechkiste über dem Ofen gezeigt.

Alles da drin.

Auch Kinder kämen. Drei oder vier. Je nach Tag. Sie blieben am Tisch stehen und ässen. Kauend würden sie ihn anschauen, immer in der Erwartung, er werde sie wegjagen.

Er erzählt und erzählt. Du müsstest ihn sehen. Ich hocke vor ihm. Er sieht mich oder auch nicht. Und er fragt sich auch nicht, ob der Junge, der da vor ihm sitzt, hört oder versteht, was er erzählt. Er schaut dahin und dorthin und zieht mit seinem Fingernagel Linien in die Erde. Was mir am besten gefallen hat, ist seine Geschichte mit dem Feuer.

Nie in meinem Leben habe ich von jemand gehört, der sich mit dem Feuer, mit einer Flamme anfreundet. Seit dreissig Jahren, sagte er, wäre er mit ihr zusammen. Er kennt ihre Launen, und sie kennt seine.

Er sagt, er dächte daran, von hier wegzugehen, obwohl er noch keine zwei Jahre hier ist. Die Leute wären schon in Ordnung. Aber der Eigentümer der Backstube, Meister Abbâs, mit dem gäbe es jeden Tag Gezänk und Geschrei, weil er die Brotreste nicht verkauft. Man hört es durch die ganze Gasse. Viele Leute im Ort wollen diese Reste. Es gibt eine Nachfrage. Und alles hat seinen Preis.

Meister Abbâs weiss wohl, dass es nicht leicht ist, einen anderen Bäcker an seiner Stelle zu finden. Sonst hätte er ihn längst hinausgeworfen. Abduh lässt ihn schreien und stellt keine Fragen. Aber es ist ihm unerträglich geworden. Beim letzten Mal habe er ihn mit der Hand in die Brust gestossen und mit vor Wut bebendem Gesicht geschrien: Du schaffst hier bei mir, und du tust, was ich sage.

Sâhir sass auf der Bank. Er fand es ungemütlich, herumsitzend auf den Tagesanbruch zu warten, bis seine Mutter losginge und vielleicht mit leeren Händen zurückkehrte. Er stand auf. Ihre Blicke verfolgten ihn. Er spürte es. Er hatte nichts anderes zu tun. Doch er konnte nicht jeden Tag zur Backstube gehen. Er würde keinen einzigen Brotkrümel dort finden. Eine von den beiden Frauen hatte sicher schon abgeräumt.

Er ging.

Er hob einen Stein auf, um damit nach dem Hund zu werfen, der ihm immer mitten in der Gasse auflauerte.

Prompt streckte er den Kopf aus einem Seitengässchen und scharrte drohend mit den Vorderpfoten. Der Stein traf ihn am Rücken. Er jaulte auf und verschwand.

Sâhir fragte sich, ob er bei irgendwelchen Freunden vorbeischauen sollte. Aber es war noch früh, und vielleicht schliefen sie noch. Allein Abdallah wäre jetzt schon wach. Doch seine Mutter erlaubte ihm nicht, vor dem Frühstück hinauszugehen. Zweimal hatte er ihn begleitet, als seine Mutter ihn geschickt hatte, gekochte Bohnen zu kaufen. Einmal hatte er sogar Bohnenbuletten gekauft. Abdallah hatte unterwegs die Tüte geöffnet und zwei Buletten herausgeholt. Eine hatte er selbst gegessen, die andere Sâhir angeboten, der aber trotz seines nagenden Hungers ablehnte. Seine Mutter hatte ihm und seinem Bruder verboten, von irgendjemandem etwas anzunehmen. Aber Abdallah hatte ihn gedrängt.

Und deine Mutter?

Der sag ich, ich hätte beide gegessen.

Von Abdallah trennte er sich, im Gegensatz zu anderen Freunden, fast nie. Zweimal war er schon bei ihm zuhause gewesen und hatte mit ihnen auf der Bank gesessen. Sicher hatte auch er schon davon gehört, dass seine Mutter Brot borgte. Wenn es Streitereien gab, hänselten ihn einige Kinder damit.

Hör mal, ich hab da eine Idee, sagte Abdallah eines Tages. Warte hinterm Haus auf mich. Ich lass dir was vom Dach runter.

Was denn?

Du wirst schon sehen. Du musst aber mucksmäuschenstill sein.

Das Ganze schien wie ein neues Spiel, das Abdallah sich ausgedacht hatte und mit dem er ihn wie üblich überraschen wollte. Dicht an die Wand gedrückt, wartete er hinterm Haus.

Dann hörte er ein Sch.

Abdallah lag flach auf dem Dach, den Kopf vorgestreckt und in beide Richtungen schauend. Ein Strick baumelte herab, dessen Ende um einen Brotfladen gewickelt war, ein grosses, trockenes Brot, das langsam herunterpendelte. Sâhir starrte darauf und hielt seine Hände nach oben, bereit, es aufzufangen, sollte es fallen. Er entknotete den Strick und schaute zu Abdallah hinauf. Dieser bedeutete ihm mit einem Handzeichen, sich möglichst rasch zu entfernen. Sâhir rannte fort mit dem Brot. Am Ende der Gasse blieb er stehen und wartete auf Abdallah. Doch dieser kam nicht. Er suchte nach einem Ort, wo er in aller Ruhe das Brot verzehren könnte, ohne dass ihn jemand dabei störte. Er legte sich den Fladen auf den Schoss und zog die Knie an, um ihn zu verstecken. Am ersten Bissen saugte er langsam und genüsslich, bis sich der Rand klebrig auf seiner Zunge auflöste. Das Gluckern seines Magens, der in Unruhe versetzt wurde.

Das Brot dämpfte den nagenden Hunger etwas. Es erlaubte ihm, ohne Eile seinen Rundgang bei den Obst- und Gemüseläden aufzunehmen. Er hob Verdorbenes auf, das meist nicht weit von den Kisten lag. Die fauligen Teile warf er fort, den Rest ass er. Immer wieder hielt ihm eine Händlerin eine heile Gurke oder Tomate hin. Doch er wich aus.

Mal um Mal wartete er auf Abdallahs Brot. Wenn er es vor allem anderen ass, verhielt sich sein Magen ruhig und belästigte ihn nicht. Wenn er aber mit Gemüse und Obst begann, rumpelte sein Magen noch lange.

Im Allgemeinen waren sie zusammen, wenn Abdallah gegen Mittag zum Essen nachhause musste. Anfangs war Sâhir überrascht, dass es Leute gab, die zu bestimmten Zeiten assen. Doch er stellte keine Fragen. Er fragte nicht gern nach Dingen, die er nicht wusste. Er wartete lieber, bis die Antwort von allein kam. Unterwegs sagte ihm Abdallah, er werde den Strick herablassen. Zunächst hatte er sich widersetzt. Inzwischen jedoch sagte er nichts mehr, obwohl ihm die Ablehnung auf der Zunge lag. Abdallahs Vater war Lehrer an der staatlichen Schule. Abdallah besass vier Galabijas zum Wechseln. Er trug sogar ein Unterhemd, und er ass drei Mahlzeiten am Tag. Was sie assen, erzählte er nie. Sâhir hätte es liebend gern erfahren.

Eines Tages war zu seiner Überraschung der Brotfladen, den Abdallah herabliess, an einer Seite aufgebrochen. Als er sich an seinem Platz eingerichtet hatte, fand er darin ein paar gefüllte Kohlwickel. Er betrachtete sie glückstrahlend. Erst dreimal hatte er so etwas gegessen. Einmal bei sich zuhause vor sehr langer Zeit und zweimal in Hagg Hâschims Haus. Damals zuhause hatten er und sein Bruder bei der Zubereitung die ganze Zeit neben seiner Mutter gesessen. Sie hatte die Kohlblätter abgerissen, um sie zu füllen. Strünke und Kernstück hatte sie in kleine Stücke geschnitten, gesalzen und mit Wasser in einen Krug gelegt. Nichts von dem Kohl wurde weggeworfen. Er und sein Bruder warteten aber nicht, bis die eingelegten Kohlstücke bereit waren. Sie verzehrten den Inhalt des Kruges schon am gleichen Tag und liessen nur das Salzwasser zurück. Die Mutter jagte sie in den Hof. Beim Wickeln der Blätter versuchten sie, ihr zu helfen, doch sie schalt sie und trieb sie weg. Von Zeit zu Zeit sah sie zu ihnen hinüber und strahlte dabei vor Freude.

Nur nichts überstürzen, ich bin fast fertig.

Sie konnten nicht warten, bis die Kohlwickel gar waren. Sie lagen ihrer Mutter in den Ohren, bis sie jedem ein paar herausholte.

Ihr wollt das essen, bevor es fertig ist?

Wenn sie wüsste, dass er jetzt fast jeden Tag ein ganzes Brot vertilgte, manchmal sogar mit Kohlwickeln darin! Er würde es ihr nicht erzählen. Er konnte es ihnen auch nicht mitbringen. Sie würde ihn ganz schön was hören lassen, und er wüsste nichts zu erwidern. Ausserdem bliebe da für jeden doch nur ein kleines Stück.

Mehrmals überraschte Abdallah ihn bei ihren abendlichen Spaziergängen mit einem kleinen Paket mit einem Stück Hühnerleber oder -magen. Einmal sogar einem Kaninchenkopf samt einem Teil des Halses. Das Päckchen schob er in die Tasche, und als Abdallah fragte, ob er es nicht essen wolle, sagte er: Später.

Er wusste selbst nicht, warum er es nicht in seinem Beisein ass. Hin und wieder betastete er das Päckchen in der Tasche. Doch kaum hatten sie sich getrennt, da holte er es heraus und verzehrte seinen Inhalt.

Wenn sie sich treffen, wandern sie immer zuerst in die Felder hinaus. Sie legen sich gegenseitig den Arm um die Schulter und suchen nach Maulbeer- und Sykomorenbäumen, die fern von den begangenen Wegen stehen. Ihre Äste hängen immer voller Früchte. Danach gehen sie fischen.

Die Angeln haben sie im Gestrüpp an der Böschung eines Seitenkanals versteckt. Die Ausbeute besteht aus kleinen Fischen, die sie zurückwerfen, wenn sie heimgehen. Dann spazieren sie zum Fluss.

Als Abdallah zum ersten Mal ins Wasser stieg, hatte er Angst. Er klammerte sich an das Lehmufer und strampelte herum. Nachdem ihn Sâhir schwimmen gelehrt hatte, wagte er sich bis in die Flussmitte, manchmal bis zum anderen Ufer. Dort verliessen sie nackt das Wasser und rannten neben einem vorbeifahrenden Zug her, von dessen überraschten Passagieren sie lautstark beschimpft wurden.

Dann ist es für Abdallah Zeit, zum Mittagessen zu gehen. Auf dem Nachhauseweg klagt er oft über seinen Vater, der ihm, wie er sagt, alles verbietet, was er mag: durch die Felder zu streifen, im Fluss zu baden, Fische zu angeln. Überall sehe sein Vater Bilharziose und Würmer. Und jeden Tag spule er seine Warnungen ab. Wegen der geringsten Kleinigkeit setzt es Hiebe. Wenn er mich im Haus barfuss erwischt, gibt es eine Ohrfeige. Wenn er mit mir spricht und ich aus irgendeinem Grund zur Seite schaue, gibt es eine Ohrfeige. Wenn ich laut bin oder wenn ich heule, weil er mich geschlagen hat, ich weiss nicht, warum, schlägt er mich, damit ich nicht heule. Er schleiche sich ins Haus, um seine Füsse zu waschen und seine Hausschuhe anzuziehen, bevor er seinem Vater begegne.

Sâhir hört zu und weiss nicht, was er sagen soll.

Sie erzählten niemandem von ihren Spaziergängen, nicht einmal ihren Freunden.

Einmal fragte Abdallah Sâhir, warum er nicht in die Schule gehe wie alle anderen.

Darum.

Ehrlich, warum?

Mir hat nie jemand gesagt, geh in die Schule. Sonst wär ich gegangen.

Das versteh ich nicht.

Ich auch nicht.

Abdallah sagte, er habe das gefragt, weil sein Vater ihm dieselbe Frage gestellt habe. Er habe alles über seine Freunde wissen wollen, einen nach dem anderen, und was sie miteinander spielten. Als dein Name drankam, hat er gefragt, warum du nicht in die Schule gehst. Ich hab ihm gesagt, ich wüsste es nicht. Dann hat er wissen wollen, ob ich dich gefragt hätte, und ich habe nein gesagt. Und was tut sein Vater? Alles, was ich weiss, ist, dass er manchmal in Cafés arbeitet. Und sonst? Woher sollte ich das wissen? Und schon wieder setzte es was. Ich hätte mich bei dir erkundigen müssen, um Bescheid zu wissen und ihm anständig zu antworten. Manchmal krieg ich einen Rappel und schreie und heule und stampfe auf den Boden. Dann fällt er über mich her und verdrischt mich, bis meine Mutter kommt und mich aus seinen Händen zieht. Sie hat mich gefragt, ob ich schon bei euch zuhause war. Und ich habe gesagt: Noch nie. Schliesslich hat er mir verboten, weiterhin mit dir zu gehen. Du dürftest nicht mehr mein Freund sein. Und ich hab halt gesagt: In Ordnung. Wer soll ihm schon erzählen, dass wir zusammen weggehen? Und selbst wenn er es erfährt. Eine weitere Ohrfeige. Was soll's? Daran bin ich gewöhnt und hab keine Angst mehr davor.

Sâhir wurde vorsichtig bei seinen Gängen mit Abdallah. Er begleitete ihn nur noch bis zur Ecke vor seinem Haus und trennte sich dann von ihm. Sie vermieden die grösseren Strassen, auf denen der Vater auftauchen konnte. Und wenn Sâhir ihn rufen ging, hielt er sich an der Ecke versteckt und wartete, bis der Vater herauskam. Er wusste, wann er ging und kam. Er sah ihn herauskommen, gross und hager, und wenn er in die Nähe irgendwelcher Hunde kam, raffte er, aus Angst, sich zu beschmutzen, die Gallabija mit der Hand um den Körper. Kaum war er weg, da pfiff Sâhir, und Abdallah kam heraus. Manchmal befahl sein Vater der Mutter, Abdallah zur Strafe für irgendetwas nicht aus dem Haus zu lassen. Dann erschien er auf dem Dach, wenn Sâhir gepfiffen hatte. Er legte sich auf den Bauch, und Sâhir drückte sich an die Wand, und sie plauderten leise miteinander. Er erzählte ihm, was er und seine Freunde getan hatten und wohin sie gegangen waren. Abdallah lachte gepresst, wackelte mit den Beinen und fragte: Und heut Abend?

Weiss ich nicht. Vielleicht sitzen wir einfach rum und unterhalten uns.

Das kannst du mir dann morgen erzählen.

Wann kommst du raus?

In ein paar Tagen. Warte, ich lass dir noch ein Stück Brot und etwas Käse runter.

Manchmal stritt Abdallah mit seinen Freunden, und es kam auch zu Raufereien. Er war aber nicht sehr kräftig gebaut und daher kein guter Kämpfer. Die anderen Jungen hänselten ihn mit seinem Vater, der ein Wucherer sei. Sâhir verstand nicht, was sie damit meinten. Er stellte Abdallah aber auch keine Fragen deswegen. Jedenfalls musste es etwas Schlimmes sein, denn Abdallah liess sich deswegen auf Schlägereien ein, bei denen ihn aber einer der anderen Jungen jeweils rasch zu Boden brachte. Dann sprang Sâhir vor und packte den Jungen an der Gurgel, worauf die anderen zurückwichen, weil sie wussten, wie kräftig und unzimperlich Sâhir war. Seine Schläge zielten unvermittelt ins Gesicht, und rasch einmal blutete sein Gegner aus Nase oder Mund. Danach verschwand Sâhir wie der Blitz.

Eines Tages strich er wieder um Abdallahs Haus. Es war am späteren Vormittag, und sein Vater war wohl nicht mehr zuhause. Er war aber nicht sicher. Er wartete eine Zeitlang, dann pfiff er. Bald darauf erschien Abdallah auf dem Dach mit etwas in der Hand, das wie ein Papierflugzeug aussah. Er bedeutete ihm, näher zu kommen, was Sâhir tat. Abdallah lag flach auf dem Bauch, den Kopf über den Rand des Daches vorgeschoben. Er hielt das Ding hoch und sagte: Nur noch der Schwanz fehlt. Ich mach ihn heute. Siehst du?

Sehr schön. Wirst du ihn vom Dach steigen lassen?

Da ist nicht genug Wind. Er braucht die Felder und das Flussufer.

Stimmt. Wenn du wieder rauskommst, lassen wir ihn dort steigen.

Plötzlich veränderte sich Abdallahs Gesichtsausdruck. Er duckte sich und zog sich zurück. Im selben Augenblick hörte Sâhir leise Schritte hinter sich. Er drehte sich um. Abdallahs Vater stand nur wenig entfernt von ihm. Als er Anstalten traf wegzulaufen, bedeutete ihm der Mann mit einer Handbewegung, sich nicht zu rühren. Also blieb Sâhir wie angewurzelt stehen. Der Vater betrachtete ihn einen Augenblick. Dann raffte er seine Gallabija zusammen, damit sie nicht auf der Erde streifte.

Du bist also Sâhir?

Sâhir nickte wortlos.

Komm her.

Sâhir trat näher und blieb vor ihm stehen. Da streckte der Vater die Hand aus und packte ihn an der Schulter. Sâhir spürte, wie sich seine Finger schmerzhaft in sein Fleisch gruben.

Ich möchte wissen, warum uns Gott, der Herr, mit Leuten wie euch gestraft hat. Gibt es niemand anderen als meinen Sohn? Hier laufen jede Menge Kinder rum. Und du kommst immer zu ihm. Was soll ich bloss mit dir tun? Antworte!

Er schüttelte ihn heftig. Sâhir starrte ihm ins Gesicht, ohne etwas zu sagen. Sein Gesicht war hager und knochig, die Haut gelblich. Ein leichtes Zucken um den Mund.

Ich will eine Antwort hören!

Seine Stimme wurde immer lauter, bis er schrie. Die Nachbarn sammelten sich vorne an der Gasse. Sie standen da. Keiner trat näher oder sagte ein Wort. Sâhirs Schulter schmerzte immer mehr. Die Finger, die sich in sein Fleisch gebohrt hatten, drückten auf den Knochen. Er beugte sich ein wenig vor, um dem Druck auszuweichen. Da erhielt er eine Ohrfeige. Den Blick starr auf den Boden gerichtet, blieb er wortlos stehen.

Sieh mich an! Diese Gasse hier, von oben bis unten, und die Gasse daneben und die dahinter – wenn ich dich in einer davon wiedersehe, brech ich dir das Genick.

Sâhir versuchte, sich ein wenig von dem Atem des Mannes zu entfernen, der ihn direkt ins Gesicht traf. Doch der Vater zog ihn an seiner Gallabija heran, deren Stoff dem

Druck nicht standhielt. Er riss, und Sâhirs nackte Schulter wurde sichtbar. Der Vater schaute ihn verwundert an.

Was ist denn das?

Plötzlich wurde er ruhig. Er wandte sich an die Leute, die sich am Eingang der Gasse versammelt hatten.

Sagt im Haus, sie sollen eine der Gallabijas dieses Hundesohns da oben auf dem Dach bringen.

Sâhir blickte verstohlen hinauf zum Dach. Dort lag Abdallah noch immer auf dem Bauch und wischte sich mit der Faust die Augen.

Die Gallabija kam rasch. Der Vater warf sie Sâhir über die Schulter.

Nimm die statt der zerrissenen, die du anhast.

Er trat zwei Schritte zurück und strich seine Gallabija glatt, bereit, zurück ins Haus zu gehen, als Sâhir die Gallabija auf den Boden warf und ging. Die Stimme des Mannes folgte ihm: Schaut euch bloss diesen Hundesohn an!

Sakîna sitzt wie üblich auf der Bank und erwartet den Tagesanbruch. Am Horizont taucht die Sonne auf. Ihre Strahlen berühren die Spitze des Minaretts. Der Tau auf dem Staub der Gasse beginnt zu trocknen. Da und dort ist Husten zu hören. Sakîna streckt die Beine aus und massiert ihr Knie.

Na du, bald geh ich bei ihnen vorbeischauen.

Ragab hebt den Kopf von ihrem Bein und sieht sich um. Saghlûl am anderen Ende der Bank saugt an einem Strohhalm und beobachtet einen Hund, der an der Wand herumschnuppert. Sâhir hockt bei der Tür und vermeidet es, seine Mutter anzusehen. Er fürchtet, sie werde ihn auffordern, zu Abbâs' Backstube zu gehen. Doch Abduh, der Bäcker, ist vor zwei Tagen abgereist. Er sah ihn mit seiner Blechkiste Richtung Bahnhof gehen. Abduh wartete, bis er ihn eingeholt hatte.

Also, Sâhir, nun ist es so weit, sagte er.

Sâhir erwiderte nichts. Da schwieg auch Abduh.

# Nachwort

»Vom Hunger will ich in diesem schönen Buche handeln, von dem, was er bedeutet, was er will und was er vermag. Wie er für die Welt im ganzen Schiwa und Wischnu, Zerstörer und Erhalter in einer Person ist, kann ich freilich nicht auseinandersetzen, denn das ist die Sache der Geschichte; aber schildern kann ich, wie er im einzelnen zerstörend und erhaltend wirkt und wirken wird bis an der Welt Ende.

Dem Hunger, der heiligen Macht des echten, wahren Hungers widme ich diese Blätter, und sie gehören ihm auch von Rechts wegen, was am Schluss hoffentlich vollkommen klargeworden sein wird. Mit letzterer Versicherung bin ich einer weiteren Vorrede, welche zur Gemütlichkeit, Erregung und Aufregung des Lesers doch nur das wenigste beitragen würde, überhoben und beginne meine Geschichte mit unbegrenztem Wohlwollen sowohl gegen Mitwelt und Nachwelt als auch gegen mich selber und alle mir im Lauf der Erzählung vorübergleitenden Schattenbilder des grossen Entstehens, Seins und Vergehens – des unendlichen *Werdens,* welches man Weltentwicklung nennt, welches freilich ein wenig interessanter und reicher als dieses Buch ist, das aber auch nicht wie dieses Buch in drei Teilen zu einem befriedigenden Abschluss kommen muss.«

Mit dieser etwas komplizierten, schulmeisterlich-altväterischen und idealisierenden Passage leitet Wilhelm Raabe seinen berühmten Roman *Der Hungerpastor* aus dem Jahre 1863/64 ein, in dem er, unter dem Vorzeichen des Hungers, zwei Lebenswege beschreibt, die vom Hunger gezeichnet sind, dem Hunger nach Materiellem, mehr aber noch dem Hunger nach Wissen und Bildung, nach Einfluss und Stellung, nach Rechtschaffenheit und Wahrheit. Verkörpert wird dieser Hunger in zwei Personen, in zwei Formen: dem wüsten und zerstörerischen Hunger auf der einen steht der aufbauende Hunger auf der anderen Seite gegenüber.

Von der konstruierten Moralität dieses Raabeschen Romans mit seinem harmonisierenden Ende ist Muhammad al-Bissati weit entfernt, wenn auch beide Hungerarten bei ihm angesprochen werden, der materielle und der geistig-emotionale. Doch auch mit dem »klassischsten« und international bekanntesten aller Hungerromane, *Hunger* von Knut Hamsun (erschienen 1890), verbindet ihn wenig mehr als der Titel. In Hamsuns sehr autobiographisch gefärbtem Roman wird der Abstieg eines Intellektuellen in den Hunger, also die letzte Stufe der Armut, gezeigt. Da seine Artikel nur noch sporadisch von der Zeitung angenommen werden, verfügt der eigentlich namenlose Journalist, der sich mal den einen, mal den anderen Namen zulegt, nach und nach über immer weniger Mittel, um sein Überleben zu sichern, und mit zunehmender Unterernährung nehmen seine physischen und intellektuellen Fähigkeiten ab, auch die Fähigkeit, sich zu konzentrieren, und damit die Grundvoraussetzung für seinen Gelderwerb als Journalist. Da er aber auch psychisch nicht in der Lage ist, Hilfe und Zuwendung anzunehmen, sich vielmehr eine jetzt etwas pathetisch wirkende Überheblichkeit bewahrt, zieht ihn ein schwindelerregender Strudel, unterbrochen nur von ein paar Hoffnungsschimmern, in die Tiefe. Am Ende heuert er auf einem Schiff an, das nach Leeds, einer Stadt ohne Hafen (!), in See sticht.

Muhammad al-Bissati ist diese Titel- und Themenparallele durchaus bewusst. In einem Interview über seinen eigenen *Hunger*-Roman gibt er zu, lange über den Titel nachgedacht, schliesslich aber keinen anderen, gleichwertigen gefunden zu haben. Doch sei sein Roman vom Hamsunschen völlig verschieden. Der Hunger ist in beiden Romanen der eigentliche »Held«, doch während er bei Hamsun das Problem eines Einzelnen ist, der praktisch ohne soziale Beziehungen existiert, will al-Bissati darin ein gesamtgesellschaftliches Problem sehen. Die vierköpfige Familie in seinem Roman lebt in dörflichen Bezügen verschiedener Art.

Aus beruflichen Gründen sei er viel in Ägypten herumgekommen, erzählt Muhammad al-Bissati, und dieses Herumkommen habe ihm Einblick in viele Aspekte der ägyptischen Gesellschaft ermöglicht. Einen Einblick, für den er besonders offen gewesen sein dürfte, gehört er doch zu jener »Generation der sechziger Jahre«*, in deren literarischem Schaffen die Sozialkritik und das politische Engagement eine hervorragende Rolle spielen. Die Frustration über die nicht eingelösten revolutionären Reformversprechungen der Nasser-Zeit ist bei vielen Autoren und Autorinnen deutlich, die in jenem Jahrzehnt zu publizieren begannen. Muhammad al-Bissatis Aufmerksamkeit richtet sich dabei auf eine immer ähnliche Welt, die der ägyptischen Kleinstadt und des ägyptischen Dorfes, auch wenn die Orte selbst und die Figuren darin variieren. Dort findet er die Vernachlässigung, die Sehnsüchte der Menschen und ihre unerfüllten

* Vgl. dazu auch das Nachwort zu *Häuser hinter den Bäumen.* Roman aus Ägypten (aus dem Arabischen von H. Fähndrich; Basel [Lenos], 2005).

Wünsche, ihren Drang auszubrechen und die Fesseln, die sie daran hindern. Muhammad al-Bissati sieht sich selbst als Darsteller der skandalösen Situation in Ägypten und des Scheiterns der verschiedenen Entwicklungsprojekte. Darum kennt er auch nicht die »erschreckende Lustigkeit«, die Thomas Mann bei Knut Hamsun dort entdeckt, wo die Hauptfigur ihre eigene Misere ironisiert. Die Überlegungen, die Saghlûl über die Debatten der Universitätsstudenten anstellt, und die Fragen, die er an Scheich Radwân richtet, liegen auf einer weniger intellektuellen und von tiefer Resignation getragenen Ebene.

In Muhammad al-Bissatis Roman sind viele der Themen angesprochen, die in heutigen Diskursen über die Armutsproblematik in der Presse zu finden und in der Politik zu hören sind: die Hoffnungslosigkeit der sogenannten »Armutsfalle«; die ungleiche Verteilung an sich hinreichender Nahrungsmittel; die sozialen Voraussetzungen der ungleichen Möglichkeiten; die physischen und psychischen Folgeerscheinungen von Hunger. Es ist ein erschreckend aktuelles Problem, dessen weltweite Bedeutung die Europäische Union dazu veranlasst hat, das Jahr 2010 zum Jahr gegen Armut und soziale Ausgrenzung zu erklären. Denn sogar in Ländern, die wohlhabender als Ägypten sind, wird eine ständige Zunahme von Menschen verzeichnet, die arm – ohne Arbeit oder mit unzureichender Bezahlung – sind. Und inzwischen trage nicht einmal mehr die Erhöhung der nationalen Wirtschaftskraft dazu bei, die Not der Hungernden zu lindern. Zu ungleich sei der Reichtum verteilt.

Alle diese Teilprobleme der Hungerfrage sind in Muhammad al-Bissatis Roman angesprochen – am ägyptischen

Beispiel. Er beschreibt, für Tausende von Familien in Ägypten, für Millionen weltweit gültig: die ungleiche Verteilung von Reichtum und Arbeit, die Fragwürdigkeit karitativen Eingreifens, die Lächerlichkeit religiöser Besänftigungen, die Leere revolutionärer Diskurse, den allmählichen physischen und psychischen Ruin durch Hunger.

Auch die Zeitperspektive ist bei Muhammad al-Bissati bemerkenswert und bemerkenswert anders als bei Knut Hamsun: Es gibt keine eigentliche Veränderung im Ablauf. Es ist eine gerade Linie, die genau dadurch, durch ihre endlose Kontinuität, so unerbittlich, so erbarmungslos wird. Weder Auf- noch Abstieg ist festzustellen. Nur »Lichtblicke« gibt es da und dort, Ausbrüche aus der Monotonie der Not: Personen, die helfen, die karitativ wirken, das Horchen auf die Stimmen von anderswo, aus studentischem Leben und Erfahren, aus der Stadt, oder das Sichandienen bei anderen mit der Hoffnung auf einen Lohn im Jenseits, kein Brot gegen den Hunger.

Muhammad al-Bissatis *Hunger* stand im Jahre 2009 in der engsten Auswahl, der Shortlist, des Arabischen Booker-Preises, jener Auszeichnung des besten auf Arabisch verfassten Romans des Jahres. Die Shortlist umfasst die sechs Gewinner, aus denen dann der eigentliche Sieger ausgewählt wird. Das aktuelle Thema, die karge Sprache und die knappe Darstellung waren die von der Jury für die Auswahl dieses Werkes angegebenen Gründe. Kürze als Darstellungsprinzip und Technik, das gilt für dieses und für andere Werke des Autors. Überrascht dürften von dieser Auszeichnung für den bekannten ägyptischen Erzähler nur wenige gewesen sein: Muhammad al-Bissati ist in Kennerkreisen ein »wohlklingender« Name, und das seit mehreren Jahrzehnten. Ausserhalb der arabischen Welt jedoch ist sein Name noch kaum bekannt. Einzig in Frankreich sind inzwischen fünf seiner immer nur kurzen Romane erschienen.*

*Hartmut Fähndrich*

* Auf Deutsch sind bisher erschienen: einige Kurzgeschichten in *Pappschachtelstadt.* Geschichten aus Ägypten (hrsg. v. H. Fähndrich; Basel [Lenos], 1991), S. 63–103; ausserdem der schon genannte Roman *Häuser hinter den Bäumen.*

PS: Zur Erleichterung der Aussprache arabischer Namen wurden in der Übersetzung betonte lange Silben mit einem Zirkumflex (^) versehen.

Ägyptische Autoren im Lenos Verlag

*Alaa al-Aswani*
*Ich wollt', ich würd' Ägypter*
*Aus dem Arabischen von Hartmut Fähndrich*
*265 Seiten, gebunden, mit Schutzumschlag*
*ISBN 978 3 85787 404 8*

»Wunderbar geschrieben, genau beobachtet und gewürzt mit ägyptischem Humor. Ein Meisterwerk.«
*Westdeutscher Rundfunk*

Ägyptische Autoren im Lenos Verlag

*Ghada Abdelaal*
*Ich will heiraten!*
*Partnersuche auf Ägyptisch*
*Aus dem Ägyptisch-Arabischen von Kristina Bergmann*
*218 Seiten, broschiert*
*ISBN 978 3 85787 410 9*

»Abdelaal ist eine scharfsinnige und witzige Beobachterin, ein lebhafter Geist, der die erdrückenden Traditionen aufzubrechen sucht.«
*BBC*